本文集得以編成，

特別感謝周策縱教授家人授權，

授權複印香港浸會大學特藏部館藏周策縱文獻資料，

特此致謝。

編者　　王潤華　黎漢傑

周策縱

序文集

目錄

近代思潮

古今詩學

序《周策縱序文集》：序文與論述

王潤華

一、我與周策縱著作的編輯姻緣

我自一九六八年秋天進入威斯康辛大學東亞語文系跟周策縱讀碩博學位，雖然我在一九七三年畢業返回新加坡，老師也在二〇〇七年逝世，但他沒有一日不是我的老師。他的學術輝煌成就與我的學術發展分不開。單單在他的著作出版關係上，就有一輩子不解之緣。讀書時，他翻譯的泰戈爾詩《螢》與《失群的鳥》就是經我與淡瑩的介紹給白先勇，由晨鐘出版社於一九七一年出版。周老師的英文專著《五四運動史》翻譯成中文，一九七一年開始由《明報月刊》一篇一篇的翻譯與發表，我也在翻譯團隊，一九八一年則結集成冊，由明報出版社出版（上冊）。

從此以後我幾乎成了周教授著作出版的代表人，幫忙編輯與出版：

一、《傳作與回憶：周策縱七十五歲慶集》，王潤華、何文匯、瘂弦編（香港中文大學出版社，一九九三）：

二、《棄園古今語言文字考論集》，周策縱、王潤華編輯（台北：萬卷樓，二〇〇六）。

三、《海外新詩鈔》，周策縱、心笛、王潤華合編（台北：新地，二〇一〇）.

四、《胡說草：周策縱新詩全集》。王潤華、周策縱、吳南華編（台北：文史哲，二〇〇八）。

五、《周策縱文集》，上下兩冊。王潤華與其他二十一位周策縱的學生與朋友編輯（香港：商務印書館，二〇一〇）。

我和老師以及其他同門的學術精神，後來感動了香港一位非常年輕的學者，黎漢傑。他閱讀了收藏在浸會大學的周策縱文物遺稿，我們意外有緣見面，他居然比我更熱心發揚周策縱的學術成就與精神。於是我們合力繼續出版周公的遺著，目前出版了連這本《周策縱序文集》在內，共三本：

一、《風媒集：周策縱翻譯詩集》，心笛、瘂弦、王潤華、黎漢傑編（台灣：釀出版，二〇一七）。

二、《修辭立其誠：周策縱訪談集》。王潤華、黎漢傑編（香港：初文出版社，二〇一八）。

三、《周策縱序文集》。王潤華、黎漢傑編（香港：初文出版社，二〇一九）。

相信，在不久的將來，周公的著作還會陸續整理出版。

二、《周策縱序文集》：周策縱學術論述再思考

這本《周策縱序文集》與我們編輯出版的《修辭立其誠：周策縱訪談集》，有一個共同的特點，周策縱借訪談與序，再觀察再補充、再論述他以往的見解，尤其幾個對他最重要的學術研究成果，如五四運動相關的論點與紅樓夢的研究。作為一位思想開放，論述嚴謹的學者，他不斷注意國際上新的史料與新論述的出現，然後調整自己的見解。周策縱的論述是不斷延續與發展的，此外又發表新的學術理論。

所以要完整的了解其對課題的論述，必須不斷跟蹤他的補充、修正與再論。最好的例子就是紅樓夢與五四的論述。周策縱的〈序周汝昌著《曹雪芹小傳》〉一文中，發表了許多精彩的新論。他認為曹雪芹與莎士比亞具有超越時代的寫作勇氣與精神：

> 也許這些文學家在生時正由於不受統治集團和世俗的重視，才有機會獨行其是，發揮一種挑戰和反叛的精神，創作出不朽的鉅著罷。這樣說來，好像愈是寫最偉大的作家的傳記，愈會遭遇到最大的困難。曹雪芹就是一個很好的例子。因此我希望讀者們在讀這小傳之前，首先要想到著者所面臨的是何等的一個極端棘手的難題……我們如果不從所有各方面的歷史傳統來研究，那我們對曹雪芹和《紅樓夢》恐怕是不能充分了解的。而就我所見，汝昌對於此點獨能深有體察。這是我在序言中想要表述的中心意思。

周策縱肯定序周汝昌著《曹雪芹小傳》建立了新紅學的新方法，不用推論與猜測，而是用紅樓夢及其作者所處的社會、政治、文化和文學藝術的環境來論證。周策縱說「他挖掘史料之勤慎，論證史實之細密，都可令人敬佩」：

> 可是我覺得汝昌寫這小傳時，卻採取了一種很明智的態度。他把我們所已確知曹雪芹的一鱗半爪，鑲嵌熔鑄進他所處的社會、政治、文化和文學藝術的環境裏，用烘雲托月的手法，襯出一幅相當可靠而可觀的遠景和輪廓來。他所描述清代制度，康熙、雍正、乾隆時代的政治演變和風俗習慣，都詳徵史實；對於曹

雪芹身世的考證，比較起來也最是審慎；大凡假設、推斷、揣測之處，也多明白指出，留待讀者判斷，好作進一步探索。這種以嚴密的實證配合審慎的想像來靈活處理，我認為是我們目前寫曹雪芹傳唯一可取的態度。

周策縱認為周汝昌著《曹雪芹小傳》考證曹雪芹之「雪芹」出自蘇轍〈新春〉詩：「園父初挑雪底芹」，「雪」取名之所本。另外還參看蘇軾〈東坡八首〉之三：「泥芹有宿根，一寸嗟獨在；雪芽何時動，春鳩行可膾」。再說曹喜歡閱讀東坡，蘇軾在元豐二年被抄家，情況頗有點像《紅樓夢》裏所描寫的抄家的恐怖局面。可能也是靈感之一，何況周汝昌在書中寫到明、清時代抄家的情況時，也正好有類似。

周策縱的〈潘銘燊編《紅樓夢人物索引》序〉，居然寫成一篇目前論述中文書「索引」最深入詳盡的論文：

談到現代中國提倡大規模編印索引，當然要算是從一九三〇年起洪煨蓮（業）先生所主持而由美國資助的哈佛燕京學社引得編纂處為起始。二十年間出版了中國經典著作的索引書不下六十餘種，功績顯著。後來北平中法漢學研究所和隨後法國巴黎大學、日本京都大學人文科學研究所、以至於美國亞洲學會在臺北設立的中文研究資料中心，相繼努力，各有成就。洪先生並於一九三二年著有《引得說》一書，凡六十九頁，後附本書引得對何謂引得，中國過去的索引書，以及引得編纂法等，多有說明。可惜我上面所提到的

那些資料和史實，洪先生當時似乎未曾見到 。他把英文之 index一字音義雙關地中譯稱「引得」，很是巧妙；並介紹把書中每個字都索引的concordance，音譯為「堪靠燈」。 我嘗建議不如就用「通檢」一詞。可是中法漢學研究所出版的「通檢」其實多只是選索性的「引得」，並非每個字都可檢索到；而哈佛燕京學社編印的「引得」，反而不是選字的通常西方所謂的「引得」，而是字字可索得的「堪靠燈」。名實頗為混淆。我看不如把「索引」一詞作普通檢索動詞用，或作不區別檢索多少的一般名詞用。把「引得」只用來指選字選詞的索引；凡每個字都可索引到的才叫做「通檢」或「全索」，也就是洪先生所譯的「堪靠燈」。這樣説來，《紅樓夢》人名或語彙的索引，就都應該叫做「引得」。

另外周策縱通過〈馮其庸編著《曹雪芹家世‧紅樓夢文物圖錄》序〉，強調「圖畫和影像往往是解説一件事物或觀念最有效的方式。多年來，在西洋流行著一句據説是中國的諺語：One picture is worth a thousand words.」 這使我們想起現代學術界蘇珊‧桑塔格（Susan Songtag）的《攝影論》。她也論述攝影圖片如何在現代考證上有重大的證據效用。攝影科技在一八三九年正式使用後，影像深遠的影響我們對世界與知識的認識與分析。比如警察或考據家，可用一張真實的照片作為無可反駁的證據，解剖方法真實世界的關係，比邏輯推論更有力量。蘇珊‧桑塔格説「正是這永不饜足的攝影鏡頭將我們從柏拉圖的洞穴困境中解放出來。」攝影的影像被當成真實、經驗、證據、歷史，影響我們觀看世界與世界看我們的方式，如身分證上需要照片，才能彼此彼此真實或假冒，錄像才算是

真實的發生事件歷史敘述。當然照片也是藝術、使人懷舊，使到人類更了解自然萬物與社會與自己。

　　這部《周策縱序文集》固然提供了一流的序文，更是周策縱一部的新的論述。我們要了解他的專書與論文全集外，就非讀本書不可了。

　　　　　　　　　　　　　　二〇一九年一月二十一日寫於南方大學

以小見大——從《周策縱序文集》看周策縱治學特色

黎漢傑

　　繼去年（二〇一八年）出版周公的訪談集，王潤華老師再次和我一起合作，編輯出版周教授的序文集。常言道：見微知著；又說以小見大，周教授的序文正可以作為一個小小的窗口，觀察他治學論述的特色。

　　正如周公在〈《棄園文粹》序〉自道學習經歷時所言，他十八九歲在高中求學時已發表多篇論文，如〈相對論戰勝牛頓定律〉、〈內分泌之重要及其功用〉等，可見他在自然科學的修養有相當高的水平，也接受了西方的學術思辨與思維，後來去國留學，最初研讀的「就是西洋哲學史、政治理論與制度和東西方歷史」，所以他對中國人歷來思維的缺失，是很有自覺的：

> 由於讀了更多的外語，使我深深感到，從古代起，我們中國人的思維方式不免有兩個最基本的缺失：一個是邏輯推理不夠精密，尤其在實際議論時不能嚴密運用「三段論法」（syllogism）。另一個缺失看來很簡單，卻可能更基本，我們對「認知」的意識不夠發達。就是對「是」甚麼，「不是」甚麼不夠重視。從先秦起，「是非」就逐漸變成道德詞彙，不是指實之詞了。「是」、「為」、「乃」作為指實詞，用得很不普遍和明確。漢語動詞作名詞用自然太多了，可是「是」作為to be或being意義用作名詞者，恐怕古

代並不多見。我只不過用這個例子來說明，我們傳統上「認知」是甚麼不是甚麼的意識，發達得可能不充分。這兩點是我去國五十年來的痛切感覺，對不對自然是另一問題，但對我後來的治學研究，關係不小。

因此，我們可以從這本序文集感受到，周教授撰寫這些序文的時候，也是以非常嚴謹的心態撰寫，於是體現了以下幾種頗具特色的風格：一、長於考據、辨別真偽；二、對古往今來具了解之同情；三、研究分析善用西典比較，同時以中國為本位。

一、長於考據、辨別真偽

周教授對認知上是甚麼不是甚麼的意識，非常自覺，因此在為別人撰寫序文時，也會對每一本書的一些論點，在表達意見之前，先羅列資料，然後才說明自己的意見。例如在〈論索引——潘銘燊編《紅樓夢人物索引》序〉，我們可以看到索引在中外歷史的不同源流與面目；在〈湖南祁陽周氏修族譜序〉，在提及周氏家世之前，先簡述譜牒學的源流以開宗名義，說明宗族修譜的意義在於

大抵古今姓氏，血源皆已混淆，嚴格區分，已了無意義。然淵源亦不能無自，且族譜足以：一、作基層之史料，補正史之缺遺。二、供血統遺傳優生社會學研究之素材。三、記氏族遷徙，中、外民族同化之軌跡。四、留人物傳記之細節，察人際關係之隱微。五、紀文化思想學術文藝之地域性。六、究民情風俗習慣之舊狀現況與演變。七、留家訓族規之遺則。八、考陵墓祠堂古蹟建築之今昔。九、察職業分佈，

人口變動，民生經濟之實況。十、查科歷仕宦教育出
身。十一、存掌故傳說遺聞軼事。十二、留藝文典
籍，文獻紀錄，文物遺產及科技建設之遺跡。

可謂是即使到目前仍是對族譜的功能最全面的論述了。

另外，周教授在撰寫序文時也善於從所序之書加以發揮，予以
肯定或質疑，體現了是其是，非其非的精神。例如在〈周汝昌著
《曹雪芹小傳》序〉，周公贊同周汝昌意見，認為「雪芹」二字本
自蘇軾。他一開始即從曹雪芹祖父曹寅非常喜歡蘇軾的詩談起，例
如文中提到：

曹寅很喜歡蘇軾的詩，可從他所作詩中有〈用東坡集
中韻〉一事看出來。《四庫提要》也說：「其（曹
寅）詩出入於白居易、蘇軾之間。」雖然失之簡單
化，畢竟看出有蘇詩的作用。

從內證：曹寅自己的詩作有〈用東坡集中韻〉；以及外證：
《四庫提要》的評語，證明蘇詩對曹寅的影響。再談到曹雪芹對其
祖父詩篇的熟悉：

汝昌於此，在《新證》增訂本書首插畫的背面卻舉了
一個例子，即雪芹祖父詩中曾有「媧皇採煉古所遺，
廉角磨瓏用不得。」我以為最重要的證據可舉者：
《棟亭詩鈔》開卷第一首詩題目是：〈坐弘濟石壁下
及暮而去〉。詩云：「我有千里遊，愛此一片石。徘
徊不能去，川原俄向夕。浮光自容與，天風鼓空碧。

露坐聞遙鐘，冥心寄飛翮。」這裏有對石的愛慕，坐久而不去，又有和尚的事。……曹寅自定詩稿，把這首坐在和尚石壁下的詩列在卷首，可見對它很重視，詩也頗有冥心見道的境界。我以為雪芹小時讀他祖父的詩，這第一首對他小小的心靈，印象一定比較深刻，難免不對他後來寫書時的構思發生影響。〔縱按：此處可補說一點，《紅樓夢》僧道嘗稱此書作者為「石兄」，這個名稱早見於唐朝盧仝的〈竹答石〉詩：「竹弟謝石兄，清風非所任，隨分有蕭瑟，實無堅重心。」盧詩中還說過石有「癡癖」，他的〈客答石〉說：「遍索天地間，彼此最癡癖，主人幸未來，與君為莫逆。」引見明、趙宦光等編《萬首唐人絕句》。此亦可證曹雪芹對石和癡的典故非常熟悉。〕

同時，周公補充雪芹本人其實對蘇軾亦十分喜愛。這次，周公運用的是文本細讀的方法，從《紅樓夢》兩段不起眼的文字，與〈後赤壁賦〉、〈東坡八首〉對比，得出曹雪芹對蘇詩的熟悉：

曹雪芹自己的作品也往往現出蘇軾的影響，例如《紅樓夢》第七十六回寫「寒塘渡鶴影」那隻「黑影裏嘎然一聲」飛起的白鶴，正像〈後赤壁賦〉裏描寫的那隻「玄裳縞衣，戛然長鳴」的神秘的孤鶴。第三十八回寶玉的〈種菊〉詩裏有「昨夜不期經雨活，今朝猶喜帶霜開」和「泉溉泥封勤護惜」的句子，與〈東坡八首〉詩中「微泉」，「泥芹宿根」和「昨夜」一犁「雨」之活荒草，也可能有一些淵源。假如這個猜測不全錯，那就更可見雪芹確曾留心過〈東坡八首〉了。

由此，才得出「雪芹」取名之所本，再引用曹氏與蘇軾的抄家史，指出二者類似的經歷，所謂同病相憐，這才是曹雪芹取名本自蘇軾的深層原因。

而在〈對《中國北方諸族的源流》一書的幾點看法〉，周公對朱學淵在〈Magyar人的遠東祖原〉所得的結論：「阿伏于是柔然姓氏」，提出質疑，因朱學淵在註釋裏引馬長壽的《烏桓與鮮卑》一書中所說的，不是「阿伏于」，而是「阿伏干」。為甚麼這條註釋會這麼重要呢？因論據如有資料錯誤，當然結論也會成問題。而周公對這條註釋其實也舉出兩個文獻例子：《魏書‧長孫肥傳》與陳連慶著《中國古代少數民族姓氏研究》作為理據，在羅列資料的同時，也可見到其審慎的態度。

二、對古往今來具了解之同情

陳寅恪在〈馮友蘭中國哲學史上冊審查報告〉開首說：「凡著中國古代哲學史者，其對於古人之學說，應具了解之同情，方可下筆。」這裏的「同情」實是指同樣之情形。換言之，陳氏認為研究古代歷史，應該重建歷史的現場，探尋古人著述的初心。我認為，周教授在這方面，也繼承了他上一輩的學者，對歷史，以至未來，都具有了解之同情。因此，對古代以及未來的行為，在下判斷之前，都設身處地代入其中。例如在〈韓非本「為韓」及其思想特質——鄭良樹：《韓非之著述及思想》序〉，提到〈初見秦〉真偽時，就先抄錄原文，然後分析：

> 本來，過去許多學者早已知道：《戰國策》秦策〈張儀說秦王〉書基本上與〈初見秦〉篇相同，因此對其

究為誰所作，原已議論紛紜。我以為篇中說：趙國「悉其士民，軍於長平之下，以爭韓上黨。大王以詔破之，拔武安。」明明指的是秦昭王四十七年（公元前二六〇）秦遣白起破趙將武安君趙括軍於長平，殺趙卒四十五萬這件事。（見《史記》〈六國年表〉周報王五十五年下）當時秦國本可乘勝亡趙、韓，併魏而稱霸，但不此之圖，反而與趙議和。三年之後，即秦昭王五十年（前二五七），秦再攻趙邯鄲時，因楚、韓援救而敗退。〈初見秦〉篇的作者認為這是大失策，所以接下去說：「大王垂拱以須之，天下編隨而服矣，霸王之名可成。而謀臣不為，引軍而退，復與趙氏為和。夫以大王之明，秦兵之強，棄霸王之業，地曾不可得，乃取欺於亡國，是謀臣之拙也。」篇末更說：「臣昧死，願望見大王，言所以破天下之從」，「大王誠聽其說，一舉而天下之從不破，趙不舉，韓不亡，荊、魏不臣，齊、燕不親，霸王之名不成，四鄰諸侯不朝，大王斬臣以徇國，以為王謀不忠者也。」這裏所說的史事都屬於秦昭王時，上書的對象也是秦昭王，至為顯然。昭王乃是秦始皇的曾祖父。可見〈初見秦〉篇決不是寫給秦始皇的，因此也就決不是韓非所著，本無疑義。

從內容提到的史事辨別〈初見秦〉的寫作時期，然後再就反對者所舉的理由逐一駁斥：

不料陳奇猷後出的《韓非子集釋》卻仍主為韓非所著說，他的理由雖然有五，但其實都不足以證明他所得

的結論「此篇當出於韓非」。其中看來很巧辯但實則最不合情理而又厚誣古人的，是他說〈初見秦〉本不是第一篇，而是作於〈存韓〉篇之後。韓非初使秦時上書請存韓，等到李斯控告他「終為韓不為秦」，被下獄之時，便欲面見秦王為自己辯白，即篇末所云：「願望見大王」，所以一反自己前說，力陳秦應亡韓。這個設想怎麼可能呢？假如這樣，他也必須先在篇前解釋自己起初主張「存韓」之故，或承認那一主張的錯誤；怎好不顧「存韓」前說，突又倡議「亡韓」，出爾反爾，難道要把秦始皇當成小孩或白痴看待麼？

如果韓非真是〈初見秦〉的作者，他確實需要如周公所言，消除秦始皇對他出爾反爾的疑慮。而這基本上是做不到的。從中可見，周公對歷史是有同情的理解，而不是一個僅僅知道排比資料，對事情都想當然爾的書呆子而已。

另外，在〈《海外排華百年史》序〉，周公在面對歷史上海外華人收到不平等的待遇，仍然能夠冷靜分析海外華人在未來該如何自處：

華人反對種族主義，決不能跟着種族主義本身的口號和方式去反對；否則反而墮其術中，愈引起種族間的隔膜。頑固反動的種族主義者總會逐漸減少，在他們自己種族內也會變成少數，無法假借那整個種族的名義來歧視少數民族。因此少數民族的反抗運動，應該以孤立那些種族主義者於他們自己種族之外為首要策略。這樣做，也許需要一點世界主義的眼光。

因此，他極力呼籲華人應該以「四海之外皆兄弟也」的信念，發揮做世界公民的勇氣、度量和本領。

而他在〈《香港學生運動回顧》序〉更從正、反兩面，明白指出一般人對學生運動的看法：

自然，學生運動有它的優點和缺點，貢獻和流弊。反對學運的人常常指出：青年學生知識尚未成熟，在學校的時間有限，經驗不足，往往把問題看得過於簡單，黑白分明；尤其是情緒不安定，而學生運動本質上原是一種群眾運動，最易受群眾心理和熱情所左右，走向狂熱與極端；外在的勢力也可能加入操縱，因而使原來的學運變質。

但對學運辯護支持的人卻可以說：青年學生比較純潔，尚未被社會上、政治上腐化惡劣的風氣所沾染，未受實際上人事或金錢與利害關係的影響，對問題反而看得更清楚明白；因此更有勇氣和熱忱來辨明是非與善惡，促成改進，矯正流弊；事實上，成年人在學校外的活動或運動，往往更易流為偏激，更易受人操縱。

序文雖然寫於一九八三年，現在數十年過去，周公分析一般人對學生運動的看法，在今天仍然完全適用。那麼，究竟周公自己對全球學生運動的興起，又是怎樣看待呢：「學生進學校，首要的任務自然是求學。但求學也仍然要關切做人，要關切大眾的利害。這中間如何平衡，如何抉擇，須看實際情況而定。」

很明顯，周公覺得學生當然要求學，但求學其實也是學做人，而學做人，當然不能不關切大眾。不過，「中間如何平衡，如何抉擇，須看實際情況而定。」不能一概而論。

三、善用西典，同時以中國為本位

周公多年在海外治學，當然對西方的學術有非常深厚的了解。而他也經常在字裏行間，引用西方文獻資料，與中國的學術系統互相對照，由此探尋中國學術的特點以及不足。而這種對照，有時候是一句說話，有時候是一個學術傳統，有大有小，從容揮灑。例如他在〈一圖勝萬言——羅智成編譯：《西風殘照故中國》序〉英、美很久就流行一句說是中國的諺語：One Picture is worth a thousand words 的時候，就引用了相當多中國的文獻：

可是多年來我找不到這句話的中文原文和出處。我曾追溯到《南史》卷六十七〈蕭摩訶傳〉和《資治通鑑》梁太平元年（公元五五六年）侯安都對他的部將蕭摩訶說的：「卿驍勇有名，千聞不如一見。」而更早的《漢書》卷六十九〈趙充國傳〉也記載：神爵元年（公元前六十一年）漢宣帝問趙伐西羌應該帶多少兵，充國答道：「百聞不如一見。兵難隃（讀曰遙）度，臣願馳至金城，圖上方略。」若再追溯到更早一點，便有劉向（前七十七至六）所編《說苑》〈政理篇〉引戰國時魏文侯（前四二四至三八七在位）說：「耳聞之，不如目見之。」可是這些都未曾說到圖畫。不過無論如何，西洋流行的那句中國諺語，也許有點古老的根源。我以前只好把它翻譯回來作「一圖

值千言」或「一圖勝萬言」或「千言萬語，當不得一幅畫」。這樣做，也許有點像把找不到娘家的蔡文姬贖歸漢室罷。

同時，他也引用了西方相關的說法作對照：

屠格涅夫（一八一八至一八八三）於一八六二年在《父與子》小說裏說過：「一幅畫能夠立刻呈現出來的，一本書要用百來頁才能做到。」美國一位著名專欄作家馬克・沙利文（Mark Sullivan, 1874-1952）於一九〇〇年左右在《我們的時代》一書裏也說：「一幅畫比一頁書說得還多些。」

可見，即使是一句諺語，周公也會上窮碧落下黃泉，探尋它的中西系譜。

至於中西學術系統的對比，我們可以在〈論索引──潘銘燊編《紅樓夢人物索引》序〉看到至今為止對「索引」最詳細的中西源流論述；在〈多方研討《紅樓夢》──《首屆國際〈紅樓夢〉研討會論文集》編者序〉看到周公從近代中國的紅樓夢研究偏重考證談起，到與新一代外國學者在首屆國際〈紅樓夢〉研討會會議上提交論文偏重文本分析的例子互相對照，看到中西新舊的學術傳統差異；在〈認知・評估・再充──香港再版《五四運動史》自序〉看到中西傳統對歷史寫作的理念，雖異曲卻同工，同樣希望「一個是臨文不諱，秉筆直書；另一個是不求得寵於當時，卻待了解於後世。」

當然，這種比較，仍然是以中國為本位。這一點，可以在〈一

圖勝萬言——羅智成編譯：《西風殘照故中國》序〉，周公嘆息中國人對文物保育意識不足可以看到：

> 然而我們覺得最慚愧的，還不僅是我們現代中國人未能儘早利用圖片來保存和表彰真實的中華風貌，未能繼承發揚祖先的壁畫、帛繪、版畫，以至於顧愷之、展子虔、和《清明上河圖》寫真的傳統；而是覺得許多不肖子孫，在這說是文明進步的現代，反把中國的歷史風景、衣冠文物，大規模地明當正道加以破壞和毀滅。像原書校譯者幾年前回國把照片和實地對比，所能找到的原物已是不多。而就我見聞所及，那殘損的狀況更是不堪說，不忍說。

> 其實我嘗覺得，中國的古代史和近代史，以至於一切古代史和近代史，永遠在等待我們去開始。

可見，他念茲在茲的，仍然是故國的歷史與文化，因此他才會在不同的文章之中，與西方作一番對照之後，苦口婆心地勸說怎樣參考外國的經驗，完善中國本土的學術傳統。例如他在〈論索引——潘銘燊編《紅樓夢人物索引》序〉在檢討了中國索引發展落後的原因之後，就建議中國的學術機構，在出版學術著作時，應該對索引更加注重：

> 從上面這些史實看來，中國索引的發展，與西洋相反，先有索諸書之事的索引，後來才有專索一書的工具書；西洋卻是先有特索專書及少數著作的引得，後來才有普索多種資源的索引。傳統中國索引書不夠發

達，一方面當由於不用字母，依韻檢字不易；另一方面大約也由於，過去認為凡「讀」一書就得「成誦」；應該背誦記住了，多用索引便是偷懶。清末學者譏諷前人不讀書而只依賴《經籍纂詁》，一部份就是這種心理表現。難怪單一書的索引不能盛行。

這裏我把中外的資料索引說了這麼多，實際上是希望藉這《紅樓夢》的索引來促使中國學術界和出版界注意，我們的經典和重要著作，都應該有引得或全索；而每一種新舊學術性著作的書後，也都應附有引得；好的中文出版社應該以此為定規，凡出一書，後必附索引。索引也是一門學問，如何做索引，也不可輕視忽略。這在近代學問裏是訊息檢索過程中的一個重要部門。這件事對我們社會上知識的傳播與開發實在是頗關緊要的。

可見，周公的中西跨文化比較，不是單純為比較而比較，更是抱着一種希望從西方吸收經驗，完善自身的良好願望。

四、結語

正因周教授學識淵博，通古典今典，更通西典，所以在每篇序文都有豐富的文獻資料貫穿期間，增加立論的說服力。同時，他能設身處地，運用歷史學的訓練，重建或者模擬個人或群眾在歷史或未來所遇到的境況，從而給予適切的建議。而他在文章經常對照西方學術傳統，更是希望透過跨文化的比較，更清楚說明中國自己本身的特色以及不足，從而不斷修正傳統，面向世界。

曹紅學

周汝昌著《曹雪芹小傳》序

原載於周汝昌著《曹雪芹小傳》，天津：百花文藝出版社，一九八〇年。

　　新春裏才從墨西哥度寒假回來時，收到周汝昌先生自北京來信，説他最近已把舊著《曹雪芹》一書增删修訂，改題作《曹雪芹小傳》，即將出版，要我寫一小序，以誌墨緣。他這大著要出新版的消息，不但使我高興，我想海內外所有愛好《紅樓夢》的讀者們也一定會雀躍歡迎的。

劃時代的紅學著作《紅樓夢新證》

　　大家都明白，我們對曹雪芹這偉大作家的一生是知道得太少了，我們不但沒有足夠的材料來寫一部完整的曹雪芹傳，就連許多最基本的傳記資料，如他的生卒年，父母到底是誰，一生大部份有甚麼活動，到今天還成為爭論的問題，或停留在摸索的階段。事實上，世界幾個最偉大的文學家的生平究竟如何，也往往令人茫茫然，像荷馬與屈原，也許是由於時代太久遠了，缺乏詳細記載。但莎士比亞（一五六四至一六一六）比曹雪芹只是早生一百多年，已近於中國的明朝末期，到今天大家對他也知道得不是很清楚，甚至有人還在説，那些戲劇都不是他作的。也許這些文學家在生時正由於不受統治集團和世俗的重視，才有機會獨行其是，發揮一種挑戰和反叛的精神，創作出不朽的鉅著罷。這樣説來，好像愈是寫最偉大的作家的傳記，愈會遭遇到最大的困難。曹雪芹就是一個很好的例子。因此我希望讀者們在讀這小傳之前，首先要想到著者所面臨的是何等的一個極端棘手的難題。

可是我覺得汝昌寫這小傳時，卻採取了一種很明智的態度。他把我們所已確知曹雪芹的一鱗半爪，鑲嵌熔鑄進他所處的社會、政治、文化和文學藝術的環境裏，用烘雲托月的手法，襯出一幅相當可靠而可觀的遠景和輪廓來。他所描述清代制度，康熙、雍正、乾隆時代的政治演變和風俗習慣，都詳徵史實；對於曹雪芹身世的考證，比較起來也最是審慎；大凡假設、推斷、揣測之處，也多明白指出，留待讀者判斷，好作進一步探索。這種以嚴密的實證配合審慎的想像來靈活處理，我認為是我們目前寫曹雪芹傳唯一可取的態度。

自從「五四」時期新紅學發展以來，經過許多學者的努力，我們對《紅樓夢》和它的作者、編者和批者的研究，已進步很多了。這其間，周汝昌先生一九四八年起草，一九五三年出版的《紅樓夢新證》無可否認的是紅學方面一部劃時代的極重要的著作。他挖掘史料之勤慎，論證史實之細密，都可令人敬佩。至於對某些問題的判斷和解答，對某些資料的闡釋和運用，當然不會得到每個人的完全同意。這本來是很自然的現象。一個頂好的例子，是他大膽建議曹宣的名字，多年來受人責難，直到康熙時的〈曹璽傳〉稿給發現後才果然得到證實。今後紅學研究，基本上還需要大家來發掘更多的資料，並使它普遍流通，讓學術界來廣泛利用，作出各種不同的可能的解釋，互相批評，銖積寸累，棄粗存精，以求逐步接近真實。「實事求是」首先要挖掘和知道「實事」，然後經過反覆辯論，才能求得真。恰如林黛玉對香菱說的：「正要講究討論，方能長進。」汝昌在考證方面給紅學奠立了許多基礎工作，在講論方面也引起了好些啟迪性的頭緒。他自己也在不斷地精進。

這一點我不妨舉一件小事來作證。他在初版《紅樓夢新證》裏

解釋「雪芹」二字說：「怕是從蘇轍〈新春〉詩『園父初挑雪底芹』取來的。」後來在一九六四年出版的《曹雪芹》一書裏，他又加了「或范成大的『玉雪芹芽拔薤長』的詩句」。我當時讀到這裏，就覺得這樣註釋固然顯得有理，但雪芹真正用意所本，應該還是蘇軾的〈東坡八首〉。我把這意見向一些學生說過，本來想寫一篇小品來補充，因別的事情耽擱了。後來讀到一九七六年汝昌的《新證》增訂本時，見他果然在這范成大的〈田園〉絕句下面又加了一個括符說：「參看蘇軾〈東坡八首〉之三：泥芹有宿根，一寸嗟獨在；雪芽何時動，春鳩行可膾。」這小事很可看出他不斷勤奮追索的精神。

「雪芹」取名之所本

當然這裏我仍然不妨補充一下我個人的一點見解。我為甚麼說這詩才是「雪芹」之所本呢？要了解這點，必先說明蘇東坡用這「雪」和「芹」的歷史背景和象徵意義。按蘇軾在元豐二年（一〇七九）被新政派小人告發，以所作詩文「譏切時事」，教人滅「尊君之義」，「當官侮慢」等罪名，被逮捕下御史台審問入獄，幾乎喪了性命。這就是歷史上有名的「烏台詩案」。此案牽連很廣，據東坡自己事後說，吏卒到他家搜抄，聲勢洶洶，他家「老幼幾怖死」，家人趕急把他的書稿全部燒燬。親戚故人多驚散不顧。情況頗有點像《紅樓夢》裏所描寫的抄家的恐怖局面。我們固然不知道這回是不是雪芹的原稿，但我想，雪芹在原稿寫到抄家時，其情況恐怕也會和東坡所描寫的抄家的恐怖局面有共同之點。而汝昌在本書中寫到明、清時代抄家的情況時，也正好有類似的舉例，《新證》增訂本引《永憲錄》也有「幼兒怖死」的例子。蘇軾在御史台的監獄裏坐了四個多月的監牢，舊傳御史台植有柏

樹，上有烏鴉數千，故又稱烏台、烏府、或柏台。從來就相承作為
是冷森森的地方的一種代表。蘇軾前此六年還給他一位當御史的朋
友寫過一首開玩笑的詩：「烏府先生鐵作肝，霜風捲地不知寒，猶
嫌白髮年前少，故點紅燈雪裏看。他日卜鄰先有約，待君投劾我休
官。如今且作華陽服，醉唱儂家七返丹。」現在果然是輪到他被劾
休官坐到這冰冷的監獄裏來了。他在獄裏所寫的詩，描述他一夕數
驚，時時有喪命危險的感覺，如說：「柏台霜氣夜凄凄，風動琅璫
月向低，夢繞雲山心似鹿，魂驚湯火命如雞。」也正是特別描述那
凄冷陰森之狀。在獄裏他還寫了〈御史台榆、槐、竹、柏四首〉，
其中如：「誰言霜雪苦，生意殊未足，坐待春風至，飛英覆空屋」
（榆）；「棲鴉寒不去，哀叫饑啄雪，破巢帶空枝，疏影掛殘月」
（槐）；「蕭然風雪意，可折不可辱」（竹）。這些都是用植物能
耐冰雪而保存生命和骨幹來比喻政治迫害下的掙扎圖生存保氣節。
蘇軾在審訊期間，得到一些同情者的援助，免了死罪，被貶謫到黃
州。

　　元豐三年（一〇八〇）二月他到黃州後，生活窮困，次年春得
朋友幫助申請到一塊官府的荒地，親自墾耕，他把這塊荒地依白居
易詩意取名東坡，便作了那〈東坡八首〉。詩前有一自序說：

> 余至黃州二年（其實只一年左右，舊時習慣，過了年關便
> 可如此說），日以困匱，故人馬正卿哀余乏食，為於郡中
> 請故營地數十畝，使得躬耕破其中。地既久荒，為茨棘瓦
> 礫之場，而歲又大旱，墾闢之勞，筋力殆盡。釋耒而歎，
> 乃作是詩，自愍其勤。庶幾來歲之入，以忘其勞焉。

　　這幾首詩表面上雖只描述窮苦耕作之狀，背後卻流露着對宋朝的

那種惡劣官僚政治的不滿，如「我久食官倉，紅腐等泥土」和「良農惜地力，幸此十年荒」等，都可想見。其中第三首全詩如下：

> 自昔有微泉，來從遠嶺背。
>
> 穿城過聚落，流惡壯蓬艾。
>
> 去為柯氏陂，十畝魚蝦會。
>
> 歲旱泉亦竭，枯萍黏破塊。
>
> 昨夜南山雲，雨到一犁外。
>
> 泫然尋故瀆，知我理荒薈。
>
> 泥芹有宿根，一寸嗟獨在。
>
> 雪芽何時動，春鳩行可膾。
>
> （自註：蜀人貴芹芽膾，雜鳩肉為之。）

　　這詩開頭說原有細小的泉水，從山上流過城鎮，變成垢穢，助長了雜草，使魚蝦聚集。後來天旱了，泉水也枯竭了，萍草皆已枯萎。忽然一夜雨來，本是可喜，但走去荒地一看，野草叢蔚。僥倖的是泥巴裏還留下一些芹菜的舊根，只一寸來長，孤零零遺存在那裏。希望這耐過冰雪嚴寒的舊根，等春天一到，又重發生機，那時長出芹芽，就可以做成芹芽鳩肉膾了。初看起來，詩只描寫了一種田園自然景象，但我們如了解他這一兩年來的生活經歷，就會明白，他是像陶淵明寫田園和「擬古」詩一般，詩句的深處實有無限的人生與社會意味。聯繫着他近兩年做官、被逮捕、搜家、入獄、貶謫這一連串的變故看來，就可知道這詩可能暗示着過去的政府細惠，只助長了惡吏專橫，而一旦恩惠枯竭，他的生活就艱困瀕於死境。只因他能耐住冷酷的現實，在一些同情者的維護下，方得保存生機，但還要等待政局的春天到來時，才會真正快活。蘇軾在這詩裏用芹來比自己，也正如他前此不久在獄中作詩用榆、槐、竹、柏

來自比。他在〈東坡八首〉之前的幾首詩裏，又常用梅花來做比興，如「去年今日關山路，細雨梅花正斷魂」和「蕙死蘭枯菊亦摧，返魂香入嶺頭梅，數枝殘綠風吹盡，一點芳心雀啅開。」都是用來描寫這種心境。蘇軾把芹看得很重要，有如屈原的蘭蕙香草，這也許因為芹是他故鄉貴重有名的植物之故。元豐三年五月，正是他寫東坡詩前幾個月，和他最要好的堂表哥文同的靈柩經過黃州，他寫了一篇祭文，其中就說：「何以薦君，採江之芹。」

曹雪芹的父輩把他取名霑，自然意味着霑了甘霖雨露之惠，也可能有霑了「皇恩」或「天恩祖德」之意。替他取的字，也正如汝昌所論，應該是「芹圃」，有「泮水」「採芹」，希望他中科舉，得功名之意。雨露或泉水「霑」溉「芹圃」，固順理成章。「採芹」遊泮得功名，也可說是「霑」了天恩：所以這名和字意義實相關連。用「圃」作字本是從「甫」轉變而來。「甫」字傳統上多用作「字」的下一字，如吉甫、尼甫等。過去都說甫乃男子或丈夫之美稱，或男子始冠，可以為「父」之稱。《集韻》說：「圃或省作甫」。其實甫本是圃的原字，甲骨文的甫字作田上有草，後起的甫字才從用父。後來又加上一個外圍作成圃，正如或字加框成國原是多餘的。《詩經》裏的「甫田」、「甫草」，《毛傳》都誤訓作「大」，其實就是「圃田」，「圃草」的意思。男子成人，可以為父的時候便取一「字」，字從子，本義就是表示可生子。甫字無論通父（斧）或通圃，都是樵蘇採集與農業社會裏求生產與生殖的願望下用來作「字」的。後代人喜歡用「圃」作字號，兼含有為農為圃的風雅詩意了。

曹雪芹在他「芹圃」一字的基礎上取號「雪芹」應該是從東坡詩裏的「泥芹」「雪芽」取義。〈東坡八首〉這詩遠比蘇轍的詩和

一百多年後范成大的詩有名。東坡最著名的別號也由此而起。曹寅很喜歡蘇軾的詩，可從他所作詩中有〈用東坡集中韻〉一事看出來。《四庫提要》也說：「其（曹寅）詩出入於白居易、蘇軾之間。」雖然失之簡單化，畢竟看出有蘇詩的作用。曹雪芹自己的作品也往往現出蘇軾的影響，例如《紅樓夢》第七十六回寫「寒塘渡鶴影」那隻「黑影裏嘎然一聲」飛起的白鶴，正像〈後赤壁賦〉裏描寫的那隻「玄裳縞衣，戛然長鳴」的神秘的孤鶴。第三十八回寶玉的〈種菊〉詩裏有「昨夜不期經雨活，今朝猶喜帶霜開」和「泉溉泥封勤護惜」的句子，與〈東坡八首〉詩中「微泉」，「泥芹宿根」和「昨夜」一犁「雨」之活荒草，也可能有一些淵源。假如這個猜測不全錯，那就更可見雪芹確曾留心過〈東坡八首〉了。他家先世既「屢蒙國恩」，後來皇恩枯竭，遭受抄沒，也許正如汝昌所說，後來或許還有人保護才得倖存過活。他想到蘇軾的遭遇，讀了〈東坡〉詩，當然會引起許多同感，何況東坡詩又用的是以「芹」自比，所以便取了「雪芹」做別號。東坡的「泥芹」之泥固然是污濁的，（寶玉所謂「男人是泥作的骨肉。」）但它的「雪芹」卻是出於污泥而不染。蘇軾兄弟詩裏的雪多半是潔白而有保護作用的，曹雪芹筆下的雪尤其美麗，帶有耐冷保護諸義。試看《紅樓夢》第四十九回蘆雪庭即景詠雪聯句中說的：「有意榮枯草，無心飾萎苕，」便帶有這種意思。（「苕」字程，高本誤作「苗」，殊不知這兒苕字是取《詩經》小雅〈苕之華〉之義，朱傳所謂「詩人自以身逢周室之衰，如苕附物而生，雖榮不久，故以為比。」雪芹原句是指雪不願來裝飾那些依附於即將衰敗的皇室統治者的人們。改成「苗」字便全不相合了。）「雪芹」二字含有宿根獨存，潔白清苦和耐冷諸義。蘇轍後來寫〈新春〉詩時，用「雪底芹」一詞，也許仍是受了東坡詩的影響，蘇轍詩下面兩句是：「欲得春來怕春晚，春來會是出山雲」，也有瞻望東風解凍的意思。說到這裏，不免

想起汝昌在增訂本《新證》裏採錄《午夢堂集》一篇〈曹雪芹先生傳〉，其中值得注意的一點是說雪芹號「耐冷道人」。這就和我上面所解釋的「雪芹」意義恰好相合。這篇傳裏固然有好些錯誤，但有好幾處說得相當正確，正如汝昌所說：「豈盡向壁虛構所能為？」

「夢阮」別號之深意與「癡」

說到這裏，不妨再給曹雪芹的另一個別號「夢阮」附帶也解說幾句。大家都知道這別號是表示嚮往阮籍。敦誠贈雪芹詩已明說「步兵白眼向人斜。」追憶他的詩也有「狂於阮步兵」之句。但雪芹做人的態度狂傲像阮籍，也許還是表面的，他嚮往阮籍而取號「夢阮」，我以為或許還有更深一層意義。這就牽涉到阮籍的處境、思想和態度，與曹雪芹有許多相類似之處的問題。《晉書》本傳說：「籍本有濟世志，屬魏、晉之際，天下多故，名士少有全者。由是不與世事，遂酣飲為常。」這本已像「於國於家無望」，「無材可去補蒼天，枉入紅塵若許年」了。大家都知道，阮籍的父親阮瑀曾做過曹操的「司空軍謀祭酒，管書記。」和曹丕、曹植兄弟都很要好，為「建安七子」之一，司馬氏篡魏時，曹爽、何晏等謀復興曹魏，事敗被誅。阮籍曾拒絕屬於司馬氏一黨的蔣濟的邀請。據《魏氏春秋》，阮籍卻擔任過曹爽的參軍。他又與何晏等相似，浸沉於老、莊思想，違背司馬氏一黨所倡導的保守派儒家禮教。嵇康說他「至為禮法之士所繩，疾之如讎。」曹雪芹因雍正奪取政權後發現曹家和他的政敵胤禩、胤禟有關係而遭抄家之禍。他的身世自然很容易使他聯想到阮籍在司馬氏奪取曹魏政權後的遭遇。何況阮家世屬曹黨，而雪芹的祖父曹寅就時常被稱讚才如曹植。寅著《續琵琶》傳奇替曹操贖回蔡文姬事吹噓，當時人便批評他可能祖其同宗。曹寅贈洪昇詩正有「禮法誰曾輕阮籍」之句。敦誠也嘗引杜甫詩說雪芹乃是「魏武之子孫」，而敦敏寄雪芹的

詩也説：「詩才憶曹植。」這當然並不一定是説曹雪芹已確認曹操是他的祖先。《紅樓夢》裏把王莽、曹操一樣説成「大惡」，但那到底只是賈雨村説的「假語村言」。我所要指出的只是，曹雪芹的家世背景，很容易使他聯想到並同情於因屬於曹黨而遭受政治歧視的阮籍。

再看阮籍的為人處世，王隱《晉書》説：阮籍有才而嗜酒荒放，露頭散髮，裸祖箕踞。《魏氏春秋》説他「宏達不羈，不拘禮俗。」《世説新語・任誕》篇註引《文士傳》説他「放誕有傲世情，不樂仕宦。」但他能「口不論人過」，目的是「佯狂避時」以免禍，所以司馬昭説他「未嘗評論時事，臧否人物」，不曾加害於他。正和曹雪芹在《紅樓夢》裏掩飾着説：「毫不干涉時世」，「亦非傷時罵世」相類似。尤其明顯的是，《紅樓夢》的作者對女子特別同情，對男女愛情尤別有體會。這也正是阮籍的特性之一。《晉書》阮籍本傳説：

> 籍嫂嘗歸寧，籍相見與別。或（《文選》註引《晉陽秋》此下有「以禮」二字。）譏之，籍曰：「禮豈為我設邪？」鄰家少婦有美色，當壚沽酒。籍常詣飲，醉便臥其側。籍既不自嫌。其夫察之亦不疑也。（《世説新語・任誕》篇作：「夫始殊疑之，伺察，終無他意。」）兵家女（同篇引王隱《晉書》作「籍鄰家處子」。）有才色，未嫁而死。籍不識其父兄，（同上作：「籍與無親，生不相識」）。徑往哭之，盡哀而還。其外坦蕩而內淳至，皆此類也。（按籍從姪阮咸亦「竹林七賢」之一，《世説新語・任誕》篇説他「先幸姑家鮮卑婢；及居母喪，姑當遠移，初云當留婢；既發，定將去」；他便「借客驢箸重服

自追之，累騎而返。註引《竹林七賢論》曰：「咸既進
婢，於是世議紛然。」）

這種種特出的態度，頗使人疑心曹雪芹筆下塑造的賈寶玉親暱
少女和婢女的憨態，是否受了阮氏叔姪的啟發。（《紅樓夢》第
四十三回寫正當賈府諸人替鳳姐慶壽辰的那天，寶玉忽然不讓家人
知道，穿了素服，和茗煙騎了馬到郊外去哭祭因他而自殺的，他母
親的婢女金釧。第七十七回私自出外訪晴雯。這種種行徑，便和
阮咸居喪借驢追姑家婢不無相類之處。）曹雪芹本就與阮籍個性
相近，上文已引過，史家說阮籍「嗜酒荒放」，本傳也說他「宏
放」、「不羈」。曹雪芹嗜酒那是他朋友詩裏多次提到過了，而且
人們也說他「素性放達」或「素放浪」。阮籍「能嘯」，「善彈
琴」。曹雪芹能「擊石作歌聲琅琅」，「燕市悲歌酒易醺」，張宜
泉說的「白雪歌殘夢正長」、「琴裏壞囊聲漠漠」，當非空套語，
寶玉也會彈琵琶，唱曲。

我看最值得注意的還有一點，阮籍本傳說他「當其得意，忽忘
形骸，時人多謂之癡。」這個「癡」字在《紅樓夢》裏是個很重要
的意境，是描述情的中心觀念。首回開場的詩裏已揭出：「更有情
癡抱恨長。」空空道人對石頭說：你那一段故事也「只不過幾個異
樣的女子，或情或癡。」隨後記載曹雪芹在悼紅軒披閱增删之後，
所題一絕又有「都云作者癡」。這正是雪芹自己承認「時人多謂之
癡」了。甲戌本第三回脂硯齋對寶玉的批語也一再說：「怪人謂曰
癡狂」和「焉得怪人目為癡哉」。與阮傳短語竟同了「人謂癡」三
個字。而那僧對甄士隱所說關於香菱的四句言詞，頭一句也是「慣
養嬌生笑你癡」。警幻仙姑說自己是「司人間之風情月債，掌塵
世之女怨男癡。」太虛幻境的對聯也指出「癡男怨女」的「情不

盡」。配殿各司的頭一個就題作「癡情司」。警幻仙姑評價寶玉最
要緊的一句話就是「如爾則天分中生成一段癡情」。寧榮二公之
靈囑託仙子的是「萬望先以情欲聲色等事警其癡頑」。眾仙姑的
名字又是「痴夢仙姑」、「鍾情大士」。〈紅樓夢十二支〉的末
了一曲也說：「癡迷的枉送了性命」。第五回末之前總敍全書輪
廓，這回末了一句詩就說寶玉是「千古情人獨我癡」。事實上，雪
芹筆下的賈寶玉時常有「癡狂病」或「癡病」。就是那甄寶玉也
是「憨癡」。黛玉也一樣有「癡病」。連《紅樓夢》第百二十回末
了的兩句詩：「由來同一夢，休笑世人癡。」正用一個「癡」字作
全書之結。這兩句詩是否曹雪芹原意固是難說。但至少續書人或編
書人也早已知道這「癡」是全書一個重要觀念了。阮籍被同時人說
是「癡」，我看對雪芹的小說構思不無影響。我們知道，阮籍「博
覽群籍，尤好莊、老」，並曾著有《達莊論》，譏儒美莊，或以莊
老釋儒。《紅樓夢》寫寶玉喜讀《莊子》，「細玩」〈秋水篇〉，
「看的得意忘言」。又續〈胠篋篇〉文。第七十八回寶玉說他撰寫
祭晴雯的〈芙蓉女兒誄〉時，「何必不遠師」阮籍的〈大人先生
傳〉等法。」（一九九八年加註：最後一節可參看余英時〈曹雪芹
的反傳統思想〉，載我編的《首屆國際紅樓夢研討會論文集》，頁
一八一至一八八。）這一切都表現曹雪芹在思想上也非常接近阮
籍。這當然並不是說他們思想全相同。不過無論如何，「夢阮」這
一別號的背後可能暗示着曹雪芹對阮籍的夢想確是並非泛泛的。阮
籍的政治遭遇，和他叛逆的思想與行為，以及「佯狂避時」的態
度，也許曾引起過他深切的同情。

曹寅詩觸發「石頭記」靈感

　　上面偶因談到汝昌闡釋雪芹名字，便寫了這麼多。這些推論固

然是「不可必」，但把各種情勢比並而觀之，我以為仍不失為有相當的可能性。因為從《紅樓夢》裏可以看出，雪芹特別重視命名取字的用意，例證很多，眾人皆知，毋須列舉；他取自己的別號，決不會反倒不是經過細心深切考慮它的含義的。而說明這種含義，我認為對整個曹雪芹的思想與為人的了解理應有所助益。尤其是因為在他所處的時代裏，政治迫害嚴酷，他別號背後的政治含義在當時決不能形諸筆墨，那就非要我們後代人來抉發不可了。這真是有點像「予豈好辯哉，予不得已也」呢！

　　不但如此，而且曹雪芹是個非常淵博精深的作家，他的思想、藝術和人格，浸潤着整個中國的深厚文化成就。我們如要充分了解他的作品和為人，也就非從多方面深入追索不可。換句話說，我們如果不從歷史、哲學、政治、經濟、社會、文化、文學、藝術，以至制度和風俗習慣等各方面的傳統來研究，那我們對曹雪芹和《紅樓夢》恐怕是不能充分了解的。就這一未必人人都能見到的觀點說，我覺得汝昌這《小傳》和他的《新證》卻都開了好些端緒，說明他的理解早已洞見及此。有時候，他為了了解曹雪芹更多一點，而直接證據不足，也就像我們每個人一樣，都想多推測一些，亦在所難免。但他所指出的多可發人深省，再舉一個例，人人都知道《紅樓夢》裏的詩、詞、曲子都作得好恰當，但汝昌更能指出雪芹在這方面的家學淵源和特殊風格；能指出清代女詩人之多，女子作詩幾乎已成為雪芹時代的一種習尚；更能指出《紅樓夢》藝術上許多特點之一是以古典抒情詩的手法來寫小說。這都可幫助我們了解曹雪芹和《紅樓夢》。他說：「有種種跡象證明，曹雪芹對他祖父的詩篇十分熟悉。」並受他詩格的影響，看來他沒有餘暇多舉例證說明。

　　我個人嘗有一點不成熟的揣測，《石頭記》把石頭做主體，是否受了曹寅的詩一些啟發呢？汝昌於此，在《新證》增訂本書首插畫的背面卻舉了一個例子，即雪芹祖父詩中曾有「媧皇採煉古所遺，廉角磨瓏用不得。」我以為最重要的證據可舉者：《楝亭詩鈔》開卷第一首詩題目是：〈坐弘濟石壁下及暮而去〉。詩云：「我有千里遊，愛此一片石。徘徊不能去，川原俄向夕。浮光自容與，天風鼓空碧。露坐聞遙鐘，冥心寄飛翩。」這裏有對石的愛慕，坐久而不去，又有和尚的事。弘濟有二，一個略與曹寅同時，這裏應是指元朝餘姚的天岸弘濟（一二七一至一三五六），他是個很淵博有才能與道行的和尚。「梵貌魁碩，言詞清麗，諸書過目，終身不忘；故其本末兼該，無所滲漏。」、「譚辯風生，詞如泉湧，了無留礙」而「義理通徹」。（見《新續高僧傳》二）值得注意的是，「弘濟」一名據《佛地經論》乃是「平等救濟一切有情」之意。《石頭記》首回寫一僧一道「來至峰下，坐於石邊，高談快論」云云。而把那石頭縮成一塊美玉，袖之而去的，卻是那僧，後來來要玉和還玉的也是那癩頭和尚。那僧，道原也是要來「脫度」「情癡」的。曹寅自定詩稿，把這首坐在和尚石壁下的詩列在卷首，可見對它很重視，詩也頗有冥心見道的境界。我以為雪芹小時讀他祖父的詩，這第一首對他小小的心靈，印象一定比較深刻，難免不對他後來寫書時的構思發生影響。〔縱按：此處可補說一點，《紅樓夢》僧道嘗稱此書作者為「石兄」，這個名稱早見於唐朝盧仝的〈竹答石〉詩：「竹弟謝石兄，清風非所任，隨分有蕭瑟，實無堅重心。」盧詩中還說過石有「癡癖」，他的〈客答石〉說：「遍索天地間，彼此最癡癖，主人幸未來，與君為莫逆。」引見明、趙宧光等編《萬首唐人絕句》。此亦可證曹雪芹對石和癡的典故非常熟悉。〕以上，主旨是為了說明我上面提出的那一觀點：我們如果不從所有各方面的歷史傳統來研究，那我們對曹雪芹和《紅

樓夢》恐怕是不能充分了解的。而就我所見，汝昌對於此點獨能深有體察。這是我在序言中想要表述的中心意思。

「故國《紅樓》竟日談」

　　最後，我不妨一提我和汝昌訂交的經過。因為這與我們研討曹雪芹和《紅樓夢》也不是無關。一九七八年七、八月間，我回到「一去三十年」的祖國來訪問。在北京的短短幾天裏，除了探訪古蹟名勝之外，為了我當時正在提議籌開一個國際《紅樓夢》研討會議，很想會晤幾位紅學專家。除了更老一輩的學者如俞平伯先生之外，當然首先就想到了周汝昌先生。果然經過旅行社的安排，在八月二十二日，他就由他的令嬡月苓陪着到我住的旅館裏來會面了。一杯清茶，我們便一見如故地長談起來，正有點兒像中秋夜大觀園聯句說的「徹旦休云倦，烹茶更細論」了。我順便把幾年前做的一首小詩〈客感〉給他看，這詩是：

> 秋醉高林一洗紅，九招呼徹北南東。
> 文挑霸氣王風末，詩在千山萬水中。
> 久駐人間諳鬼態，重回花夢惜天工。
> 傷幽直似識時意，細細思量又不同。

　　這詩自然只是寫我個人久居海外的一些小感觸，但如移作詠曹雪芹，似乎也不是完全不當。汝昌讀了便靜靜地說：「你詩作到這樣，我們是可以談的了。」於是我們一談就談了整個下午，還談不完。臨別時，天色已黑，照了幾張相片光線都有點太暗了。過了幾天我就回到了美國，把當時合照的幾張影片寄給他，還在每張上面寫了一首小詩，現在錄在這裏：

燕京與周汝昌學長兄暢論《紅樓夢》，歸來得書，即以所攝
影片奉寄，各繫小詩：

（一）

故國《紅樓》竟日談，忘言真賞樂同參，
前賢血淚千秋業，萬喙終疑失苦甘。

（二）

百丈京塵亂日曛，兩周杯茗細論文。
何時共展初抄卷，更舉千難問雪芹。

（三）

逆旅相看白髮侵，滄桑歷盡始知音；
兒曹若問平生意，讀古時如一讀今。

（四）

光沉影暗慚夸父，一論《紅樓》便不完，
生與俱來非假語，低徊百世益難安。

這些詩寄去後，很快就收到汝昌的回信，裏面附有他答我的七律一
首：

得策縱教授學長兄惠寄照片，為京華初會之留念，四幀之
側，各繫新詩，拜誦興感，因賦長句卻寄

襟期早異少年場，京國相逢認鬢霜。
但使《紅樓》談歷歷，不辭白日去堂堂。

知音曾俟滄桑盡，解味還知筆墨香。

詩思蒼茫豪氣見，為君擊節自琅琅。

（自註：姜白石詞：東風歷歷紅樓下，誰識三生杜牧
之。）

　　這首詩不但適切地寫出了我們當時談紅的情景，也表現了當代
研究紅學者的一些感興。

　　現在這空前的國際《紅樓夢》研討會議即將在美國召開。並已
邀請汝昌和世界各地其他紅學專家前來出席。恰好他的《曹雪芹小
傳》也正要出版了，我且匆匆寫下一首小詩來，表示預祝這兩件盛
事，並且用來結束這篇序言：

傳真寫夢發幽微，擲筆堪驚是或非。

百世賞心風雨後，半生磨血薛蘿依。

前村水出喧魚樂，野浦雲留待雁歸。

且與先期會瀛海，論紅同絕幾千韋。

（自註：「前村」，句用楊萬里〈桂源鋪〉詩意。楊詩
云：「萬山不許一溪奔，攔得溪聲日夜喧。到得前頭山腳
盡，堂堂溪水出前村。」）

　　　　　　　　　　　　──一九八〇年一月二十五日於陌地生

論索引——潘銘燊編《紅樓夢人物索引》序

原載潘銘燊著《紅樓夢人物索引》，香港：龍門書店，一九八三年五月。

潘銘燊博士編撰《紅樓夢人物索引》一書，對紅學家和一般愛好《紅樓夢》的人，真是一大喜訊。這樣的工具書應該早就有了。大家都知道，《紅樓夢》研究，在最近六十年間，可說比任何其他一部中文書都繁榮而更引起研究者和讀者真正的興趣。可是非常奇怪，我們一直就沒有一部詳盡的《紅樓夢》索引（倒是「索隱」卻不少了！）。 就我個人來說，對這件事已提倡了三十多年，也始終未能完成。五十年代初期；我曾草擬了一份《紅樓夢》研究大綱，對作者、編者、和小說本身，定出了相當全面詳細的研究計劃，其中就包括要作索引。六十年代初期，威斯康辛大學有幾個學生答應協助我做，只完成了各譯本方面的人名對照表等全部工作，後來因別的事故而未能進行。當時還計劃用電腦來做，但未能得到資助而作罷。一九七一年一月經過香港，恰逢中文大學舉辦《紅樓夢》研究展覽，約我講演，我又乘機提出幾點建議，其中有一點就是：「 對《紅樓夢》中人物的名稱，及其他專有與普通名詞語句，作索引和研究。」（講辭登在一九七一年十一月份的《紅樓夢研究專刊》第九輯）。以後到了一九七三年才見有日本宮田一郎先生的《紅樓夢語彙索引》和一九七六年底林語堂先生的《紅樓夢人名索引》，但都不夠完備。這件小事足以說明，我們對於研究的基本工具書太沒人注意和努力，使幾十年來不知浪費了多少精力和時間去查檢與記憶。所以銘燊此書的出版，我個人也就特別感到高興。

西方與中國的索引源流

大家都知道，近代歐、美學術與出版界的索引工作做得非常完

備。他們在這方面有長遠的傳統，而且在電腦發展的今天，不斷求改進和推廣。個別書稿按字母次序排列的專題（Subject）與語句索引，也許可能追索到第八世紀。如達瑪司卡斯的聖約翰（St. John of Damascus）所著《聖經與早期教會作者專題索引》（*Sacra Parallela*）和歐賓羅的巴梭羅穆（Bartholomew of Urbino）所著《奧古斯丁與安布羅斯名言選索》（*Milleloquia of Augustine and Ambrose*），便是其例。不過有些人還不認定這些完全合於索引的條件，而以為最早的索引書也許是十三世紀聖丘休（Hugh of St. Cher）所編的《聖經通檢》（*Concor-dance of the Bible*, 1247）。也有人認為應該要到十四世紀或十六世紀才有正式的索引。至於給比一書更多的資料作索引，則要到十九世紀自然科學資料書才開始。但一八七八年（當中國光緒四年）倫敦卻首次成立了引得學會（The Index Society），並出版學會秘書亨利·惠特萊（Henry B. Wheatley）所著一冊九十六頁的小書《何謂引得》（*What Is an Index?*），敍述索引的發展史和編製原則與辦法，並列有書目等；可是本書後面卻沒附索引。最近數十年來，西洋研討索引問題的書文更是不少，美國各大出版社也多自己編有簡要實用的索引指南，要求並幫助作者在校對書稿後自編索引。我嘗鼓吹，中國的出版社應該也採用這種辦法。

　　談到現代中國提倡大規模編印索引，當然要算是從一九三〇年起洪煨蓮（業）先生所主持而由美國資助的哈佛燕京學社引得編纂處為起始。二十年間出版了中國經典著作的索引書不下六十餘種，功績顯著。後來北平中法漢學研究所和隨後法國巴黎大學、日本京都大學人文科學研究所、以至於美國亞洲學會在臺北設立的中文研究資料中心，相繼努力，各有成就。洪先生並於一九三二年著有《引得說》一書，凡六十九頁，後附本書引得對何謂引得，中國

過去的索引書，以及引得編纂法等，多有說明。可惜我上面所提到的那些資料和史實，洪先生當時似乎未曾見到。他把英文之index一字音義雙關地中譯稱「引得」，很是巧妙；並介紹把書中每個字都索引的concordance，音譯為「堪靠燈」。我嘗建議不如就用「通檢」一詞。可是中法漢學研究所出版的「通檢」其實多只是選索性的「引得」，並非每個字都可檢索到；而哈佛燕京學社編印的「引得」，反而不是選字的通常西方所謂的「引得」，而是字字可索得的「堪靠燈」。名實頗為混淆。我看不如把「索引」一詞作普通檢索動詞用，或作不區別檢索多少的一般名詞用。把「引得」只用來指選字選詞的索引；凡每個字都可索引到的才叫做「通檢」或「全索」，也就是洪先生所譯的「堪靠燈」。這樣說來，《紅樓夢》人名或語彙的索引，就都應該叫做「引得」。

中西索引書功能的分別

談到中國索引書的發展史，可能也不見得比西洋晚，不過發展的趨向與功用有點差別。索引書的性質應該是依文字的固定排列次序（而不是依分類次序）安排名詞、語彙、或主題，或合此二三者一起，以便於檢索其來源的工具。中國的類書多是按主題或詞語的意義與性質分類排列，只能算是百科全書之一種。惟明永樂元年至五年（一四○三至一四○七）間所編的《永樂大典》是依首字韻序排列，可算有索引性的類書。至於韻書，雖是依字的音序排列，偶註定義，但只為解釋那單字的本身，無索源之用，故只能算做一種字典（西洋一般的百科全書固是按字母排列主題或詞語，但只有一部份索源之用，大部份在解說詞義或主題，所以也不同於正規的索引。）其他傳統中國著作中，凡把名詞、語彙、或（和）主題依首字音韻次序排列，而便於檢索其資料來源

或所在之處的，應該可算作索引，至少在廣義上可這麼說。第八世紀時，唐代顏真卿（七〇九至七八五）編有《韻海鏡源》十六卷，《四庫提要》說此書「為以韻隸事之祖，然其書不傳」。清黃奭輯佚收在《漢學堂叢書》內。原著如標注事之資源，則可能有索引書的性質。南宋吳澄（一二四九至一三三三）的《支言集》提到張壽翁著有《事韻擷英》，可能與顏書類似。其後宋、元之間，十三世紀中下期，陰時夫編著《韻府群玉》。明朝有《五車韻瑞》。而清朝張玉書等奉康熙皇帝命編的《佩文韻府》，最初出版於康熙五十年（一七一一），大致上可供檢句出處之用。至於嘉慶三年（一七九八）出版的阮元等所著《經籍纂詁》，性質固類似於《牛津英文大字典》，但亦有檢索經籍字句出處的功用。這些都可說大部份性質是索引書。在另一方面，明朝以嘉靖三十五年（一五五六）成進士的凌迪知曾編著有《萬姓統譜》，清朝乾、嘉時代汪輝祖（一七三〇——一八〇七）也編著有《史姓韻編》和《九史同姓名錄》，這些便都完全是索引的工具書了。

不過以上所有這些中國著作，都不是供檢索單獨一種書用的。單索一書的似乎一直要到民國十一年（一九二二）蔡廷幹（一八六一——一九三五）編刊《老解老》才開始。這是對《老子》一書的通檢或全索，前印武英殿聚珍版《道德經》全文，後印索引，每個字都可檢索到。蔡氏是一八七三年清廷第二批派到美國留學的幼童之一，在美讀中學，畢業後又在機器廠工作，一八八一年回國後入海軍，甲午中、日戰爭時指揮魚雷艇，民初在北洋政府中任海軍上將級顧問，稅務處會辦、督辦、及外交總長等職。此書似係其任稅務會辦時所作，大約曾受到美國或日本的影響。正如洪煨蓮先生已指出過，日本森木角藏已於大正十年（一九二一）由經書索引刊行所出版了《四書索引》，前有四書白文，也是全索。比蔡書早了一年。而且蔡氏的

《老解老》一書是自刊非賣品，很少人見到。

從上面這些史實看來，中國索引的發展，與西洋相反，先有索諸書之事的索引，後來才有專索一書的工具書；西洋卻是先有特索專書及少數著作的引得，後來才有普索多種資源的索引。傳統中國索引書不夠發達，一方面當由於不用字母，依韻檢字不易；另一方面大約也由於，過去認為凡「讀」一書就得「成誦」；應該背誦記住了，多用索引便是偷懶。清末學者譏諷前人不讀書而只依賴 《經籍纂詁》，一部份就是這種心理表現。難怪單一書的索引不能盛行。

《紅樓夢》索引要多元精細

這裏我把中外的資料索引說了這麼多，實際上是希望藉這《紅樓夢》的索引來促使中國學術界和出版界注意，我們的經典和重要著作，都應該有引得或全索；而每一種新舊學術性著作的書後，也都應附有引得；好的中文出版社應該以此為定規，凡出一書，後必附索引。索引也是一門學問，如何做索引，也不可輕視忽略 。這在近代學問裏是訊息檢索過程中的一個重要部門。這件事對我們社會上知識的傳播與開發實在是頗關緊要的 。

至於有關《紅樓夢》的索引，當然還不止於人名和語彙。地名和其他專名，以至於官銜、職業、衣飾、鳥獸、花木等一般名物，都應有索引；主題、觀念、思想、活動等也應有索引。而這些主題與觀念等如何抉擇，很可引導讀者和研究者的注意點和方向，尤其不可不客觀、精細而慎重。其他版本，如甲戌、有正、夢稿、程甲、乙本，以至於更完備的彙校本，也應分別連校注作出引得。有些人地物名出現次數很多者，後面不但要標注章回數和頁數，而且

各頁數前還應分別簡單標明與何人、何地、或何事相關，這樣才可使讀者在一連串頁碼中一看就知道要向那一頁去查閱 。

　　潘銘燊博士做學問很重條理，又很勤奮。我相信這人物索引只不過是一個開始，以後他一定還會不斷改進，供給我們對《紅樓夢》和其他著作更多的工具書。這種殷切的期望才使我答應他來寫了這篇囉唆的序言 。

周策縱

一九八二年十二月十二日，於陌地生、威斯康辛大學

馮其庸編著
《曹雪芹家世・紅樓夢文物圖錄》序

原載馮其庸編著《曹雪芹家世・紅樓夢文物圖錄》，香港：生活・讀書・新知三聯書店，一九八三年十二月。

馮其庸教授一年以前告訴我，他正在編輯一部《曹雪芹家世・紅樓夢文物圖錄》，並且要我寫一篇序。我聽到他編輯這書的消息，特別高興：一方面因為過去雖然已有了好些關於《紅樓夢》圖詠的書，但都只是些綉像、題詠、書影、影錄、或連環畫之類，很少注意到文物和史料的圖片。他這書正好填補了這個缺失，可說是空前之作，也該是大家十分樂於見到的。另一方面，因為近些年來，其庸從事並推動《紅樓夢》研究，非常努力，他對曹雪芹家世史料的發掘整理，和《紅樓夢》版本的攷訂校刊，都有很多貢獻。由他來編輯這部《圖錄》，該是最恰當了。

一圖值千言

圖畫和影像往往是解說一件事物或觀念最有效的方式。多年來，在西洋流行着一句據說是中國的諺語：One picture is worth a thousand words. 可是我一直找不到它在中國的準確根源，也許是《南史》蕭摩訶所說「千聞不如一見」的意譯。《漢書》趙充國傳作「百聞不如一見。」但都不說到圖畫。現在姑且譯回作「一圖值千言」或「千言萬語不如一幅畫。」總之，這句諺語可能真是中國的；就我所知，歐美十九世紀或以前，有些作家雖然也說過圖畫比語言更便於解說，卻不見說過上面這句話。不論如何，這簡短有力的至理名言，正可說明其庸這冊《圖錄》的重要性。

這書包括遼、瀋、北京、蘇州、南京、揚州等地的碑拓和遺跡圖片三百八十四件，史籍譜牒等文獻圖片六十七件，書畫、塑像、筆山、石硯、木箱等文物圖片一百一十二件，版本書影一百六十七件，加上附錄等共收圖片七百三十二件。這即使仍不能說是十全十足，至少是洋洋大觀了。「一圖值千言」，若要把這些文物史迹只用語言文字來說明，不但千言萬語說不清，而且讀者更不會得到《圖錄》所給予的印象那麼直接、準確、而親切。

不但如此，這些圖片中，有些實物具有極高度的史料價值，許多紅學家早已知道了。可是也有些似乎是大家還不曾充分注意的，例如遼陽《大金喇嘛法師寶記》碑文中說：「欽奉皇上勅旨，八王府令旨，乃建寶塔。」這裏所說的「八王」，應即多爾袞的同母兄阿濟格。同縣的《重建玉皇廟碑記》裏也有：「念我皇上、貝勒、駙馬總鎮佟養性」云云。這個「貝勒」，自然也是八貝勒阿濟格。這就使我們更能了解曹雪芹的高祖曹振彥不但和多爾袞本人有過旗屬關係，而且和他的兄弟也有些關連。因此又能使我們了解為甚麼阿濟格的第四代孫墨香會成為目前所知《紅樓夢》的最早收藏者，為甚麼阿濟格的第五代孫敦敏、敦誠又會是曹雪芹的好友。關於這點，還有曹家和佟養性一家的關係，以及這些關係所引起的許多後果，我在另一長文〈玉璽‧婚姻‧《紅樓夢》：曹雪芹家世政治關係溯源〉裏已詳細論列，這裏便不再說了。

不過我仍須在這裏指出：這冊《圖錄》出版後，一定會引起許多紅學家和一般《紅樓夢》愛好者的絕大興趣，大家一定能從這些圖片中得到許多啟發，作出更進一步的研究成果來。

現當這珍貴的《圖錄》付梓之際，特題小詩一首，以誌一時觀感：

遼瀋尋碑翠墨繁，一編辛苦溯淵源。

紅樓夢幻真何地？黃葉淒迷或有村？

豈與箱圖追韻跡？曷從筆硯摳情根？

繩牀日夕琳瑯伴，閫奧風騷敢細論。

——一九八二年五月三十一日於香港中文大學雅禮賓館

多方研討《紅樓夢》──《首屆國際〈紅樓夢〉研討會論文集》編者序

原載於《首屆國際〈紅樓夢〉研討會論文集》，香港：香港中文大學出版社，一九八三年十一月。

交流史上一件破天荒的重要事件

「首屆國際《紅樓夢》研討會」於一九八〇年六月十六至二十日在美國陌地生市威斯康辛大學開會五天，同時舉辦了有關曹雪芹和《紅樓夢》的版本、圖片、書畫等文物展覽。如有些學者說過的：這無疑的是中國和世界文學研究史和文化交流史上一件破天荒的重要事件。就我所知，尚沒有專就一部書，尤其是一部中文小說，曾單獨舉行過這樣一個規模相當大的包括東西方學人的國際性研討會和展覽會聯合活動。

這次會議正式參加的人數有八十八人，再加上中、美的六位新聞報導人員和十幾位間或參與的中、美人士，有時加入活動的超過一百一十人。這些人代表的地區，略按人數多少次序，計有美國、中國大陸、臺灣、香港、英國、加拿大、日本、新加坡和韓國等九個國家和地區。他們來自三十四間大學、三個文化學術機構和五個新聞、廣播、電視機構。參加人中有四十三位已讀完或正在讀博士或碩士學位的青年學者和研究生，四十五位年資較深的專家和教授。後者當中臨時有二人因病，一人因其他事故未能出席，但都提出了論文。會上宣讀論文四十二篇，另有報告三篇。論文用中文寫的二十五篇，英文十七篇。本集所收入的是全部中文論文，只有馬幼垣教授的論文，主要是指出一件有趣的疑問，就是《乾隆鈔本百廿回紅樓夢稿》影印本中有些地方是先蓋了朱印，然後在上面抄墨

稿，顯然違反常情，使人懷疑原稿的真實性。此點會後經陳毓羆教授在社會科學院圖書館將原稿查過，知道原稿不誤，只是印刷時先印了紅色。問題既已解決，故論文已略去。至於英文論文，將整編另謀出版，本集僅列出作者姓名及論題，以便參考。

論文宣讀時，曾按性質分成十組，但每篇論文都是由全體出席人員參加討論過。論文的性質是：（一）前人評論檢討，（二）版本與作者問題，（三）後四十回問題，（四）曹雪芹的家世，生活和著作，（五）主題與結構，（六）心理分析，（七）情節與象徵，（八）比較研究和翻譯，（九）敍述技巧，（十）個性刻劃。大致說來，中文論文多偏重在前四，五類，英文和青年學者的論文則多半屬於後面五，六類。

從所提出的論文性質來看，可說包括的範圍很廣，觀察的角度頗多。這正是我們籌備人員所盡力提倡和希望的，同時也可說是我們海外紅學界多年來共同努力的方向。

胡適以後的《紅樓夢》研究

關於這個紅學的方向問題，這裏不妨把我個人三十多年來的一些看法和經驗說一說。四十年代中期我曾向顧頡剛先生提出一個問題：為甚麼近代新《紅樓夢》研究都偏重在考證方面？他說那是對過去小說評點派和索隱派過於捕風捉影的一種反感，而且從胡適之先生以來，他們一批朋友又多半有點歷史癖和考據癖。當然，無論對這小說怎樣分析、解釋與評估，總得以事實做根據，所以對事實考證就看得特別重要了。我也很同意這種看法，但同時覺得可惜過去紅學家很少有人深刻研究過中外的文學理論與批

評。有一次見到羅根澤先生，便勸他向這方面試去發展，他卻自謝不敏，反而要我去努力嘗試。我因另有工作，也就擱置下來沒有再去想它了。

　　一直要到一九四八年五月我出國留美，在太平洋船上的時候，才能好好再考慮到這個問題。那時我們幾十個中國留學生，大悶熱天被密集擠塞在船底下大統艙裏，正像整整一百年前的華僑「豬仔」一樣，難得容許到甲板上去透點新鮮空氣。大家成天成夜躺在吊牀上搖來擺去，沒事幹就得找些書來讀。可是許多人帶着的書都沒有人能久看下去，不知誰帶了一部市上普通流行本《紅樓夢》。字雖印得密密麻麻，紙也黃舊不堪了，卻每個人都搶着要看，你要是稍一合眼，想養神休息一會兒，等張開眼時，書早已不知傳到哪裏去了。去吃飯或上洗手間後，更會難得再輪到手上來。但你正看到林黛玉見薛寶釵走進賈寶玉的房裏去了，她又搖搖擺擺走過沁芳橋，去怡紅院敲門，不知下文如何？怎麼辦？你能讓林妹妹老站在那裏等嗎？所以大家沒有辦法，只好躲着讀，稍停也只好把書藏在枕頭下或行李堆裏，旁人找不着，乾淨利落。結果，別的書隨處顯眼，只有《紅樓夢》反而現得無影無蹤，不見流通了。這不免使人想起經濟學上有名的「格劣善律」（Gresham's Law）來，「惡幣驅逐良幣，」現在卻是「壞書驅逐好書」。當時我有小詩一首為證：

　　海天蒸鬱萬星浮，去國情如浪擲漚。
　　書外風波書內讀，太平洋上匿《紅樓》。

　　在這種艙外風濤，艙內悶熱，多人搶讀的緊張情勢下把這巨著又匆匆斷斷續續看過一遍，使我益發覺得紅學應該有新的發展，並且須在海外推廣。

　　到了五十年代初期，我們有一批朋友在紐約成立了「白馬社」。得到胡適之先生的鼓勵，要建立一個海外中國文藝活動中心。有時在顧獻樑、馬仰蘭（馬寅初先生的女公子）夫婦家聚談，他們的樓居門窗欄杆等都漆得中國式硃紅，我嘗把它開玩笑叫做「紐約紅樓」，要大家來努力創作一部《海外紅樓夢》，並且發展「海外紅學」，可是沒有得到大家注意。本來，社友中最能寫小說的有唐德剛先生，所以我總催他做，但他要做歷史家，最多只肯在業餘寫些短篇小說。後來又去忙於記錄口述歷史和主管圖書館，卻不願委屈去搞甚麼紅學。多年後我寄詩給他，還有「十年血淚銷蘭史，紐約紅樓夢有無？」的追問。我有時老是覺得，德剛好像一直還欠我一筆紅學債一般！這件事後來只有讓張愛玲女士和臺灣的高陽（許晏駢）先生去做了。

　　這期間，俞平伯先生於一九五二年把他一九二三年初版的《紅樓夢辨》修改成《紅樓夢研究》出版，次年周汝昌先生又發表了他的《紅樓夢新證》。這些重要著作都是繼承胡適之先生一九二一年發表的《紅樓夢考證》這一新紅學傳統發展而來，引起海內外廣泛注意。像大家都知道的，後來在中國大陸就發動了對這種紅學，以至於對胡適思想的猛烈批判。當時我曾和胡先生談起這個問題，他不但不生氣，反而非常開心，向我細說那些人怎樣罵他，卻並不解釋那些人怎樣歪曲他，並且託我代找幾種他未能見到的批判他的資料，也要我繼續探索研究下去。我覺得他這種寬容大度，非常難得。同時便向他提到我認為紅學應從各個角度各種方向去研究的看法：一方面要像他已做過的那樣，用乾、嘉考證，西洋近代科學和漢學的方法去探究事實真相；另一方面要用中外文學理論批評，和比較文學的方法去分析、解釋和評論小說的本身，這當然應包括從近代心理學、社會學、人類學、語言學、史學、哲學、宗教、文

化、政治、經濟、統計等各種社會科學與人文科學，甚至自然科學的方法與角度去研究。簡單一點說，就是要從多方研究《紅樓夢》。這樣，就不妨容許各種不同的觀點和看法或解釋。胡先生雖然對曹雪芹、高鶚和《紅樓夢》多半已有他固定的看法了，但仍然稱許我這些意見，因為我這樣提倡歡迎各種不同的研究，基本上還符合他生平治學的態度和精神。

可是在五十年代儘管有我們一批青年人催請，胡先生卻已不再把大部份時間和精力放在紅學方面了。不過到了一九六〇年元旦，德剛、獻樑等我們一批朋友創辦《海外論壇》月刊時，胡先生給予我們支持。這年十一月底就給我們寫了那篇〈所謂「曹雪芹小像」的謎〉，發表在次年元旦出版的二卷一期裏。這時候我已草擬有一份〈紅樓夢研究計劃〉大綱，打算從各種角度對《紅樓夢》作綜合式的研究和檢討。哈佛大學同事中對《紅樓夢》比較有興趣而與我討論的有海濤瑋（James Robert Hightower）和楊聯陞教授。海濤瑋英譯過《紅樓夢》前四五回，草稿沒有發表。我覺得第五回王熙鳳的冊詞尚未猜出，也是不好全譯下去的原因之一，因此便在《海外論壇》發表了那篇〈論關於鳳姐的「一從二令三人木」〉。這時候，即一九六一年，胡先生在臺北影印出版了甲戌本，吳世昌教授在英國牛津大學也發表了他的英文《紅樓夢探源》，並與聯陞兄通訊。聯陞和我對他們的看法時有討論和批評。我計劃要在《海外論壇》上繼續胡先生的研究，並擴充王國維的文學評論方向，再從各個角度去發展新紅學。不幸胡先生不久就去世了，《海外論壇》也停刊了。所以這一批以胡適之先生為首的對紅學有興趣的留美中國學人，沒有能充分發揮作用。

不過，當一九六三年初我到威斯康辛大學任教後，還是開了專

門研究《紅樓夢》的課程，照我以前和胡、顧兩先生所説的「多方」研究的觀點去教導學生個別作分析。次年就有學生試用語言學，文學批評和比較文學的方法寫《紅樓夢》分析；有人做了西文翻譯名字對照表；詩人淡瑩（劉寶珍）等協助我編了研究書目等。有一個女生黃傳嘉還首先用統計方式和電腦研究了這小説裏二十多個歎詞和助詞，用來試測前八十回和後四十回的作者問題；稍後另一研究生陳炳藻用了更複雜的統計公式和電腦計算了二十多萬詞彙的出現頻率，寫成博士論文，檢討同一個問題。論文摘要曾在這次會議宣讀，將編入英文部份。自六十年代上半期起，威大中文方面的學生可説對《紅樓夢》發生過相當大的興趣，雖然發表的成績很少。到了六十年代下半期，著作很多的業餘紅學家趙岡也來威大任教。比較文學家孔亞聖（Arthur E. Kunst），教中文的陳廣才和圖書館專家王正義早已在此，也喜讀這書。七十年代時，專攻小説的劉紹銘又回到了威大，並繼續開過《紅樓夢》研究課程。同時又來了倪豪士（William H. Nienhauser, Jr.）極力提倡研究中國文學。後來政治系的傅理曼（Edward Friedman）教授也十分支持。這樣自然更促進了師生對紅學的興趣，在這方面對我也有很大的助益。這次紅學會他們也出了很大力氣。

上面當然只是根據我個人的經驗來説明胡適之先生對在美國一些喜好紅學者的影響，和我們為甚麼會在威斯康辛大學召開了這個「首屆國際《紅樓夢》研討會」，以及多年來我們提倡向各個角度多方研究的微波努力。

事實上，海外各地分頭發展紅學的人很多，成績更顯著，乃眾所周知的事實，用不着在這裏細述。像日本的伊藤漱平和英國的霍克思（David Hawkes）教授，都參加了這次會議，發表過寶貴的報

告和意見。另外有好些對中國小說或《紅樓夢》有研究的學者，如李田意、韓南（Patrick D. Hanan）、芮效衛（David T. Roy）、王靖獻（楊牧）、馬瑞志（Richard Mather）、余英時、余國藩、米樂山（Lucien Miller），歐陽楨、李歐梵、馬幼垣、傅孝先、那宗訓等教授，也都曾出席參加討論。還有白之（Cyril Birch）教授也參加過籌備工作。有些紅學家本已接受邀請，但因故未能出席，又或因未能聯絡得上，或因經費及其他問題，否則代表的方面將會更多。關於大會籌備情形和經過，我已有英文小冊〈首屆國際《紅樓夢》研討會報告書〉（*Report on the First International Conference on The Dream of the Red Chamber*）分發；另外陳永明教授和我已編有中文《首屆國際紅學會議紀盛》一書稿，不久當可出版，這裏就不多說了。

　　但這兒仍要特別一提的是，在六七十年代海外提倡紅學的學術機構和學者中，不能不數到當時香港中文大學新亞書院的潘重規教授（後來轉往臺北文化大學）。他除了自己鑽研之外，又於一九六六年開設「《紅樓夢》研究」選修課程，指導並組織學生成立研究小組，舉辦展覽，約人講演，創刊《紅樓夢研究專刊》，出版研究成果與資料。他們舉辦文物資料展覽三次，有時也曾把威斯康辛大學研究生的英文論文和資料拿去展覽過。一九七一年一月十六日我應邀在第二次展覽會開幕典禮演講〈《紅樓夢》研究在西方的發展〉（講稿大要後來發表在那年十一月份的《〈紅樓夢〉研究專刊》第九輯），便附帶把我過去主張多方研究《紅樓夢》的綱領列舉述說了一部份，並建議成立《紅樓夢》研究資料圖書館和文物館。這次展覽和講演，香港電視臺當晚曾有廣播，在四月份的《當代文藝》也有專文報導。那次開幕和演講時，在座的除了重規兄外，還有梅貽寶校長和唐君毅，徐復觀教授等。徐先生還當場提出過問題。現在唐、徐兩先生都已作古，想起猶不免令人有人琴之

痛。中文大學紅學家還有宋淇，也出過余英時、陳慶浩等，成績卓著，風氣很盛。

我把上面這些情形在這兒說了，為了表明美國威大和香港中大在紅學研究上長久的歷史關係，也可由此看出為甚麼「首屆國際《紅樓夢》研討會」在威大舉行，而會議的中文論文卻由中文大學出版社來出版。我並且希望香港將來情況如無大變動，第二屆會議能在中大召開。

最後，這次論文的出版，曾經過許多曲折，這裏不能說了。但要特別感謝我的兩位助理陳永明和馬泰德（Theodore Mann），他們協助開會和整集稿件，貢獻很大。

書中有我讀《紅樓》──「《紅樓夢》研究叢書」總序

原載臺北《自由時報》〈自由副刊〉，一九八九年四月二十八日。

　　《紅樓夢》這部書，不讀則已，一讀就愈讀愈有趣；不研究還可，一研究就研究不完；就爭論不休，愈論愈爭，愈爭愈論，沒完沒了。

只為書中原有我，親聞親見更親逢

　　一部書能造成這種局面，真不簡單，因素很多，我在《紅樓夢大觀》一書的序文〈《紅樓》三問〉裏曾舉出過好些，如：故事，尤其是愛情故事，非常感人；人物描寫，特別是美麗少女和質樸村嫗的描寫，十分生動；敘述的手法，如撲朔迷離的多層「觀察點」，真假難分，隱伏皴染，對比反襯，別出心裁；內容特別多面密合於（而且批判了）傳統中國文化和思想習慣；還有，有關作者和書的問題特多，特易引起爭論，和特別不易解決等等，不一而足。

　　可是仔細想來，最重要的原因，我認為還是著者能使讀者認同，把讀者拉進書內去親歷一番。這是由於這小說能狀難寫的情景，如在目前；文字含不盡的意趣，見於言外。儘管時代早已變了，社會環境也已大不相同了，但讀者一進入書的世界內，就像進入自己的世界，就像進入了自己內心的世界，好像著者就是自己，自己就是著者。關於這點，我在一九八〇年「首屆國際《紅樓夢》研討會」的開幕詞裏曾這樣說過：兩百年來，批評《紅樓夢》的著作已成千成萬了。我卻最喜歡桂林一位批評家涂瀛在道光十六年

（一八三六）前説的幾句話，他説：「或問：『《紅樓夢》伊誰之作？』曰：『我之作。』『何以言之？』曰：『語語自我心中爬剔而出。』」我當時這樣説，是因為覺得這幾句話最能表達出《紅樓夢》已做到使讀者與作者認同。

這樣的認同，若在別的小説，也不過是只做到使讀者自認就是那個説故事的人罷了；但在《紅樓夢》卻能使讀者覺得自己經歷到這種種事件。所以一九八六年在哈爾濱召開第二屆國際《紅樓夢》研討會時，我更為大會題了一首詩云：

一生百讀《紅樓夢》，借問如何趣益濃？
只為書中原有我，親聞親見更親逢。

能親聞、親見，固然已不尋常，但這還只算旁觀者；我現在加個「親逢」，逢即逢遇、遭逢之意，也就是《紅樓夢》第一回説的「親自經歷」的意思。表示讀者有如親身參與經歷了書中的事件，這就更直接親切，非同小可了。

《紅樓夢》的自傳性

《紅樓夢》之所以能做到這點，使讀者認同，除了上文提到的描寫情景逼真而不隔，含有無盡的言外之意之外，還有最重要的一個因素，就是：它是中國第一部自傳式的言情小説。在它以前，中國的長篇白話小説都不脱話本説書的形式和影響，即使《水滸傳》、《金瓶梅》、和《儒林外史》等已描寫到許多社會人生和家庭實情，但總不免使人覺得作者是在説故事，總不免使人有街談巷議，道聽塗説，和旁觀之感。《紅樓夢》卻不同，它是在寫自身經

歷，不是說書，它的寫實是主觀的寫實，浪漫的的寫實，抒情詩的寫實，它的世界是處處有我的世界。在另一方面，《紅樓夢》像一切別的小說一樣，都建立於虛構，但由於它處處有我，處處顧到事理之可有，所以它的虛構可說是極真實的虛構，能做到真假同存，虛實相生，也就是它自己所說的：「假作真時真亦假，無為有處有還無。」

　　本來《紅樓夢》描寫的事物情景，有許多是太特殊了，就算在當時，一般人也不會有那種經驗。這點一位署名「二知道人」的在嘉慶十七年（一八一二）出版的《紅樓夢說夢》裏早就指出過了。他說：「《紅樓》情事，雪芹記所見也。錦繡叢中打盹，珮環聲裏酣眠，一切靡麗紛華，雖非天上，亦異人間，深山窮谷中人未之見亦未之聞也。設為之說雪芹之書，其人必搖首而謝曰：『子其愚我也？子其聾我也？子其盲我也？人間世何能作如是觀哉？』」其實「二知道人」還不全對，何必「深山窮谷中人」才會搖首不信，連一般都市中人聽了也很難相信的。賈家和皇帝關係那麼密切，幾家能有？賈寶玉那種在「千紅」「萬豔」叢中生活的經驗，幾人能有？這些原本不是常人所能經歷的人和事，本來會使絕大多數人覺得天淵之隔。可是他們若把書細讀下去，卻又一定會儼然如親歷其境了。便是「二知道人」自己也承認：「僕閱雪芹之書，而感慨係之，復夢雪芹之夢耳。」於今一兩百年以後，時代和社會環境更全變了，可是多少讀者仍如親到其境，親接其人，親經其事，親歷其情，親夢其夢。這關鍵，當然是著者絕頂高明的寫作技巧。這點暫且不談。且先指出一個基本條件。我想曹雪芹如果不是在寫自傳式小說，如果不是在寫愛情與人情小說，那就很難有這種效果。所謂「自傳式小說」，當然不等於「自傳」，若是他是寫自傳，那也就絕不會有這般絕大的移情和認同作用了。

　　《紅樓夢》的這種自傳性，自然還不是成功的充足條件；更緊要的是它能使讀者時時有參與感和親切感，使每個讀者把自己也讀了進去，就較易造成另外一種效果，那就是我前文開頭說過的，讀者和研究者結論各有不同，爭論不休。因為每個讀者，每個評論者，每個研究者，原有他或她自己的不同身世、思想、感情，以至於不同的分析、解釋、和批評理論與方法，如今把自己放進去，也就是把這種種不同因素加上去，大家對《紅樓夢》的看法，自然就更有差異，而很難求同了。

　　因此，我嘗覺得，研讀《紅樓夢》我們固然也應該欣賞許多共同感，可是更要注意的是容忍存異，所以我以前總鼓勵大家來做到「同固欣然，異亦可喜。」

　　現在我們編印這套遠景版「《紅樓夢》研究叢書」，正是為了適應讀者和研究者無限的興趣和需要，一方面選擇重要而有價值的著作出版，再方面容納不同的看法，讓大家各自去作判斷。

　　　　　　　一九八九年三月二十五日於美國威斯康辛州·
　　　　　　　陌地生市·民遁路一一〇一號。

The Origin of the Title of The Red Chamber Dream

原載Rachel May、閔福德合編：《送給石兄生日之書——霍克思八十壽慶論文集》（香港：香港中文大學、香港翻譯學會，二〇〇三年）。

Professor David Hawkes' attendance at the First International Conference on *The Dream of the Red Chamber* at the University of Wisconsin-Madison in June 1980 made the participants overjoyed that a major English translator of the novel and one of the best Sinologists was among us. As an organizer of that conference, I particularly appreciated his enthusiasm and effort to participate in all of the discussions and activities.

David Hawkes has spent almost his entire life studying Chinese language and literature. He even resigned his professorship from Oxford University in order to commit himself to translating the novel. Such devotion would have made the novelist Cao Xueqin feel honored if he were alive today. Professor Hawkes' English translation of another most difficult Chinese classic, *Chuci* 楚辭 (The *Songs of the South*), has also been universally acclaimed. Having had similar interests in Chinese literature and history, I admire Professor Hawkes' immeasurable contributions to his field, and treasure my longtime friendship with him. To celebrate his eightieth birthday on July 6, 2003, I am dedicating this article to him with my best wishes.

Many scholars know that the earliest title of Cao Xueqin's novel was *The Story of the Stone* (*Shitou ji* 石頭記), but in his later years, Cao allowed the use of *The Red Chamber Dream* (*Honglou meng* 紅樓夢) as its overall title ("總其全書之名"). I gave a lecture on this subject at the National University of Singapore in 1987, and a revised version of the lecture is included in my book, *The Case of the Red Chamber Dream: Redological Articles of the Deserted Garden [Honglou meng an: Qiyuan hongxue lunwen ji* 紅樓夢案：棄園紅學論文集] (Hong Kong: The Chinese University Press, 2000).

Redologists have no difficulty in knowing how the title *The Story of the Stone* was formed, but as for the title *The Red Chamber Dream*, it is quite obscure. Although we may find in some poems and lyrics of the Tang dynasty that the ideas of "red chamber" and "dream" are closely connected, the closest similarity to the title of the novel only appears in a poem, "On the Cuckoo" ("*Yong zigui*" 咏子規), by Cai Jing 蔡京 of the Tang dynasty (circa 8th-9th century, not to be confused with the Song-dynasty chief minister of the same name, Cai Jing [1047-1126]. It is an eight-line "regulated poem" (*lü shi*律詩) with each line containing seven characters. The parallel couplet of its fifth and sixth lines, translated roughly and literally, reads as follows:

Frozen are its (the cuckoo's) tears along the Purple Frontier against the wind, (Its cries) Frighten and break hearts in the read chamber dream.

凝成紫塞風前淚，
驚破紅樓夢裏心。

Quan Tang shi 全唐詩, juan 472.

One can easily recognize the phrase "the read chamber dream", appearing for the first time in the Chinese language in the second line of the couplet, but no one can be sure whether or not Cao Xueqin adopted the phrase from this poem for the title of his novel. When I read the first line more carefully, I came to believe that Cao definitely did adopt the title of his novel from this couplet.

Perhaps I should first clarify a few points in Cai Jing's poem. The bird "cuckoo" in Chinese is usually called *zigui* or *dujuan* 杜鵑, or simply *juan* 鵑. According to a popular myth, in ancient times a king in the area of modern Sichuan Province loved and had relations with a beautiful woman. Because of this affair, he was compelled to give up his throne, and was transformed into a cuckoo. As the story relates, the bird cried persistently until its beak bled. Other sources say that the cuckoo lived not only in western and southern China, but also along the Great Wall on the northern frontier. The term "purple frontier" (*zi sai* 紫塞) has been used by Bao Zhao 鮑照 (424-466) in his well-known *fu* 賦 which is anthologized in the *Wen xuan* 文選 (*juan* 11). It has been explained by annotators that the earth of the northern frontier was purple in color, hence it was called the "purple frontier". But, to my knowledge, the term's being related to the cuckoo appears merely in Cai Jing's poem as cited above.

Now it is known that in *The Red Chamber Dream* (or *The Story of the Stone),* the heroine Black Jade *(Dai-yu* 黛玉*)* has a most intimate maid whose name is Purple Cuckoo *(*Zi-juan紫鵑*;* David Hawkes named her Nightingale). Whereas many works have been devoted to finding the origins of the main characters' names in the novel, no one has provided a convincing explanation for the name of Purple Cuckoo. I am quite sure her name originated in the first line of Cai Jing's couple quoted above. As a matter of fact, in Chapter 62 of the novel, Lady Xiangling 香菱 (Caltrop) has a discussion with Lady Shi Xiangyun 史湘雲 about the names of two major characters Bao-yu 寶玉and Bao-chai 寶釵. Xiangling cries out, laughing, that she has found the origins of their names: "Both their names are from Tang poems!" (「他兩個名字，都原來在唐詩上呢！」) This is the novelist himself revealing that the names of the characters originated in Tang poems. Thus, to say that the name Purple Cuckoo is based on a Tang poem may not be as far-fetched as we think.

If in fact Purple Cuckoo's name originated in Cai Jing's couplet, and no better sources can be ascertained, it is easy to accept that the title of the novel, *The Red Chamber Dream*, came from the same couplet. In my view, it cannot be a coincidence.

文史經典

沈康譯著《說文解字敘》英譯序

原載沈康譯著：《說文解字敘英譯》（威州陌地生：威斯康辛大學，一九六六年）。

This is the beginning of the *Wisconsin China Series*. The treatises in this series are selected from seminar or term papers written by students at the University of Wisconsin. While they are not intended to be definitive studies, we publish and circulate them because we think that the materials gathered and the analyses made therein may be instrumental and useful to further research in the specific subjects dealt with. The series will be published at irregular intervals and may cover many fields such as language, literature, thought, history and fine arts.

Mr. Kenneth L. Thern's study of the "Postface"(*hsü*敘) to the *Shuo wen chieh tzu* by Hsü Shen is originally a paper done in my course "Independent Study" in the spring of 1963. His translation of the "Postface" is the first complete annotated one in any language to date. He has further added to the 540 category headings some new material which is not in the Chinese original but will be very helpful to students. The paper as a whole may then serve as a short introduction to the study of the first comprehensive Chinese dictionary and the history of Chinese linguistics in general.

The *Shuo wen*, in spite of its shortcomings and errors, is definitely the most useful book for the study of Chinese paleography and perhaps the most influential work in Chinese philology. Within a few decades of its circulation it became well known to leading Chinese scholars. Yen Chih-t'ui 顏之推 , the distinguished linguist of the sixth century and one of the authors of the *Ch'ieh yün* 切韻 , gives the book a judicious evaluation in his *Yen shih chia hsün* 顏氏家訓 , as he says:

A guest argued with the host [the author] and asked, "You consider all the present Classics wrong, but whatever the *Shuo wen* says you always accept as right. Do you think then Hsü Shen is superior to Confucius?" The host, clapping his hands and laughing loudly, answered, "Are the copies we have today of the Classics all in Confucius' handwriting?" "But," the guest said, "the copies we have today of the *Shuo wen* are not in Hsü Shen's handwriting either, are they?" The host replied, "Hsü Shen studied words according to the six types of graph construction and further classified the words and order them into various categories, so we can avoid errors [in the texts of the Classics]. Thus if there are errors, we will be able to discover them. Confucius preserved the meanings of the Classics but did not discuss their texts. Confucian scholars of the past even changed the texts to fit their own interpretations—to say nothing of how difficult it was to avoid errors when the Classics were copied over and over again and passed down through the generations. Actually I have never regarded the *Shuo wen* as always right...But by and large I admire it as a book which corrects many mistakes, has reasonable organization, and ample examples; also, in its analyses, it frequently traces the meaning to its origin and exhausts the sources. Cheng Hsüan 鄭玄 (127-200) sometimes cited this book as evidence when he annotated the Classics. If we do not follow the views in the *Shuo wen,* we will then be in the dark with respect to graphs and will not know what a given dot or line signifies. (XVII, "Shu cheng" 書證 第 十七)

Since the second century, the *Shuo wen* has been studied, cited and imitated by a great number of scholars. For more than eight hundred years the book was circulated in hand-written copies until 986 when Emperor T'ai-tsung of the Sung dynasty ordered Hsü Hsüan 徐鉉 and others to edit the book and for the first time put it in print. From among the words which more or less imitated the *Shuo wen*, or made extensive use of it before the tenth century, we may mention the *Chieh wen tzu* 解文字 by Chou Ch'eng 周成 of the Three Kingdoms period, the *Tzu lin* 字林 by Lü Ch'en 呂忱 of the Chin dynasty, and the *Ku chin wen tzu* 古今文字 by Chiang Shih 江 式 of the Northern Wei dynasty, none of which is extant. A better known and surviving work is the *Yü p'ien* 玉篇 by Ku Yeh-wang 顧野王 (519-581) of the Liang dynasty. We should also note that such authoritative and influential dictionaries as the *Ch'ieh yün*, the *Kuang yün* 廣韻 , and the *K'ang-his tzu-tien* 康熙字典 have in many aspects followed closely the *Shuo-wen*.

Enthusiasm for the study of the *Shuo-wen* increased during the Ch'ing dynasty, especially with the rise of textual criticism and the Han Learning. Li Ching-kao 黎經誥 in his *Hsü hsüeh k'ao* 許學考 , an annotated bibliography on the *Shuo-wen* published in 1927, lists 246 books. Most of these works were written by scholars of that dynasty. Ting Fu-pao 丁福保 has a more comprehensive bibliography on the book. He also spent over forty years, twice as long as Hü Shen spent on the original book, to compile the *Shuo-wen chieh tzu ku-lin* 說文解字詁林 , which was published in 1928, and the supplement in 1932. Reproduces by photolithography, this work contains 288 books and 544 articles concerning the *Shuo-wen*, in 1,209 *chü-an* with well over fourteen million words.

This, of course, dose not exhaust all the literature dealing with the *Shuo wen*. For instance, Yang Shu-ta's 楊樹達 numerous works on the subject are not included. The four books by Ma Tsung-huo 馬宗霍 , in which he investigated the various quotations in the *Shuo-wen*, were also published after 1949. Another contemporary scholar, Ma Hsü-lun 馬敍倫 , spent thirty years to write, and another twenty years to revise, his *Shuo wen chieh tzu lin-shu su-cheng* 說文解字六書疏證 which was not published until 1957, and contains, by my estimate, about a million words.

In the last fifty years, both the bronze and oracle bone inscriptions have gradually been accepted as very significant materials for the study of Chinese paleography and the history of ancient Chinese civilization. Along with this trend, the *Shuo wen* seems to have become even more important because it is one of the most useful and indispensable sources for the study of these inscriptions. Although in many cases the inscriptions prove Hsü Shen wrong, in numerous other cases he is proved right. It seems that quite often, without the help of certain newly discovered epigraphs, we could not have been able to understand the *Shuo wen* and vice versa. The significance of the Shuo wen to the study of the ancient Chinese language may be attested by the fact that, rightly or wrongly, all modern Chinese dictionaries of the vocabularies of various inscriptions are arranged according to the graphical order as used in the Shuo wen. I have yet to find any other ancient dictionary in any language which has had such wide and long lasting influence. Indeed, to a certain extent one may complain that the Shuo wen has been too dominant in traditional Chinese linguistic studies.

But the book has experienced its ups and downs at different hands and times. As has been mentioned by Hsü K'ai 徐鍇, the younger brother of Hsü Hsüan, the texts of the book were regrettably neglected and abused prior to his time. The texts we have today are very much corrupted and garbled; we will never be able to recover the original barring some miracle of archeology. The fragments of the hand-copied version made during the T'ang dynasty preserve only a few entries of the book and cannot be regarded as Hsü Shen's original version.

In our own time too, the *Shuo wen* seems to have been unduly neglected by many scholars. Most contemporary Chinese linguists and students of Chinese antiquity with considerable western training, including some prominent ones, have not paid sufficient attention to the book. Western Sinologists in linguistics probably are in a no better position.

The errors and mistakes frequently occurring in the *Shuo wen* and the excessive reverence sometimes paid to Hsü Shen by certain writers should not blind us to the appreciation of the value of the book. As a matter of fact, it is the first Chinese dictionary combining phonetic, semantic, and etymological studies. Its approximate ten thousand definitions and explanations provide us with a mine of information about ancient Chinese history, society, thought, and civilization, indeed every facet of life. Hsü Shen's quotations from various Classics and contemporary books and laws, his comments on the dialects and customs in ancient China, and his citation from numerous opinions attributed to the learned people of his time and before, all preserve a great quantity of invaluable source material elsewhere unavailable.

It may also be pertinent to point out here that, with regard to the questionable points in the *Shuo wen*, sometimes we cannot really be sure they are mistake, and if they are, whether they were made by Hsü or by some other hand. To this we must add the question of how these errors were made. Problems are often more complex than we think. The two extravagant attitudes taken by many scholars towards the *Shuo wen*, i.e., either unquestionably regarding it as infallible or easily dismissing it as erroneous, are certainly out of date now. A more reasonable use and evaluation of Hsü Shen's work will demand further painstaking study with the help of newly discovered epigraphical and archeological materials together with modern scholarship. Such a balanced approach will, I believe, help to improve immensely our scarce knowledge of ancient Chinese language, history, and civilization.

Madison, Wisconsin

July 1966

韓非本「為韓」及其思想特質——鄭良樹：《韓非之著述及思想》序

原載鄭良樹著：《韓非之著述及思想》，臺北：臺灣學生書局，一九九三年七月。

　　鄭良樹教授對先秦及漢代古籍的考訂，和學術思想的探索，早有許多貢獻。他的《淮南子校理》、《老子論集》、《孫子校補》、《竹簡帛書論文集》、《戰國策研究》、和《商鞅及其學派》等書，都大有補益於對戰國和秦漢文史哲學思想的研究；還有他的《續偽書通考》三大冊，與張心澂的原編同為使用中國典籍的必要參考書，嘉惠士林，良非淺鮮。近復探究韓非的著作與思想，書成囑為作序。我早年讀《韓非子》，頗有許多感想，現借此機會，略著數言。

　　首先我想指出，良樹研究先秦諸子，採取考證古籍和分析思想雙重並進的方法，可說是十分明智的抉擇。過去許多在這方面的研究者，往往只偏重其一，而疏忽了另一面，以致所疏忽者常使其所偏重者亦不能精審。當然，要想兩者兼顧就不容易，這既需要嚴密精細的訓練和態度，又需要淵博通達的學識。二者缺一不可，所以非常難能，也就十分可貴。依我看來，如果一人不能二者得兼，考證仍是最基本、最重要的工作；否則沙上築室，雖然樓閣壯觀，也轉眼就要倒塌。良樹在校勘考證方面訓練有素，再加上宏觀的審察和精密的分析，成就當然會不可限量了。

韓非謀弱秦救韓

　　作為思想家的韓非，大家都知道他是歷史上的悲劇人物。我總

覺得，他的悲劇不僅在於他被自己在荀子門下的同學，也算得是同事的李斯猜忌，慫恿秦始皇「以過法誅之」或促其自殺；他的更大悲劇是他死後，人們往往還以為，他以韓國公子的身分，竟然說秦滅韓，出賣自己的祖國。可是事實上呢，歷史不但從未記載韓非游說過秦國去攻取韓國；相反的，卻記載有他企圖削弱秦國以救韓。《史記‧秦始皇本紀》明明說過：始皇十年（韓王安二年，公元前二三七）「李斯因說秦王，請先取韓以恐他國，於是使斯下韓，韓王患之，與韓非謀弱秦。」此所謂「下韓」，義當為謀征韓使降服，韓王安見事危急，便改變以前不用韓非的態度，與他來共謀削弱秦國。據〈韓世家〉說：始皇十三年（公元前二三四），即韓「王安五年，秦攻韓，韓急，使韓非使秦，秦留非，因殺之。」這裏說的韓非使秦，是秦攻韓而韓已危急之時，明明是韓王派（「使」）他去秦國，以謀救韓國的急難，並非韓非自去做說客，以求官位。這兒說他「使秦」，原不必在秦開始攻韓的同年，所以〈秦始皇本紀〉接下去說：十四年（韓王安六年，公元前二三三）「韓非使秦，秦用李斯謀，留非，非死雲陽，韓王請為臣。」〈韓非傳〉也明說：「秦因急攻韓，韓王始不用非，及急，迺遣非使秦。秦王悅之，未信用，李斯、姚賈害之。毀之曰：『韓非，韓之諸公子也。今王欲并諸侯，非終為韓，不為秦，此人之情也。今王不用，久留而歸之，此自遺患也，不如以過法誅之。』秦王以為然，下吏治非，李斯使人遺非藥，使自殺。韓非欲自陳，不得見。秦皇後悔之，使人赦之，非已死矣。」這些都可證明，韓非到秦國去並不是為了遊說秦皇以求實行自己的學說，換句話說，並不是想要以求自用，而是韓王當事急之時，想利用秦始皇欣賞韓非的著作這一事實，派他去表面逢迎，實際上圖削弱秦國，或至少使秦不攻韓。這從《韓非子》裏〈存韓〉篇慫恿秦始皇不要攻韓，也可看到。這裏不妨更指出：上文所引的「使斯下韓」，「王安五年，秦

攻韓」，以及「秦因急攻韓」，並不是說秦國已經派兵攻打韓國，
而只是「急謀」攻韓。〈秦始皇本紀〉凡記載實際攻伐的，都要指
出派某某將兵攻某地，而這兒卻沒有；而且〈存韓〉篇裏明說：
「今臣竊聞貴臣之計，舉兵將伐韓。」可見韓非入秦之初上此書於
始皇時，秦國還未實際攻伐韓國，實際攻韓應該是韓非下獄或死後
的事。這些史實都可說明韓非並未要秦攻韓。

〈初見秦〉真偽

其次，許多人認為韓非曾說秦攻韓，是因為現存《韓非子》書
中第一篇〈初見秦〉明明在慫恿秦國「亡韓」。本來，過去許多學
者早已知道：《戰國策》秦策〈張儀說秦王〉書基本上與〈初見
秦〉篇相同，因此對其究為誰所作，原已議論紛紜。我以為篇中
說：趙國「悉其士民，軍於長平之下，以爭韓上黨。大王以詔破
之，拔武安。」明明指的是秦昭王四十七年（公元前二六〇）秦遣
白起破趙將武安君趙括軍於長平，殺趙卒四十五萬這件事。（見
《史記》〈六國年表〉周赧王五十五年下）當時秦國本可乘勝亡
趙、韓，併魏而稱霸，但不此之圖，反而與趙議和。三年之後，即
秦昭王五十年（前二五七），秦再攻趙邯鄲時，因楚、韓援救而敗
退。〈初見秦〉篇的作者認為這是大失策，所以接下去說：「大王
垂拱以須之，天下徧隨而服矣，霸王之名可成。而謀臣不為，引軍
而退，復與趙氏為和。夫以大王之明，秦兵之強，棄霸王之業，
地曾不可得，乃取欺於亡國，是謀臣之拙也。」篇末更說：「臣
昧死，願望見大王，言所以破天下之從」，「大王誠聽其說，一
舉而天下之從不破，趙不舉，韓不亡，荊、魏不臣，齊、燕不親，
霸王之名不成，四鄰諸侯不朝，大王斬臣以徇國，以為王謀不忠者
也。」這裏所說的史事都屬於秦昭王時，上書的對象也是秦昭王，

至為顯然。昭王乃是秦始皇的曾祖父。可見〈初見秦〉篇決不是寫給秦始皇的，因此也就決不是韓非所著，本無疑義。前人如陳啟天等已論證過，錢穆在《先秦諸子繫年》第一五六條中也有周到的分析。不料陳奇猷後出的《韓非子集釋》卻仍主為韓非所著說，他的理由雖然有五，但其實都不足以證明他所得的結論「此篇當出於韓非」。其中看來很巧辯但實則最不合情理而又厚誣古人的，是他說〈初見秦〉本不是第一篇，而是作於〈存韓〉篇之後。韓非初使秦時上書請存韓，等到李斯控告他「終為韓不為秦」，被下獄之時，便欲面見秦王為自己辯白，即篇末所云：「願望見大王」，所以一反自己前說，力陳秦應亡韓。這個設想怎麼可能呢？假如這樣，他也必須先在篇前解釋自己起初主張「存韓」之故，或承認那一主張的錯誤；怎好不顧「存韓」前說，突又倡議「亡韓」，出爾反爾，難道要把秦始皇當成小孩或白痴看待麼？我特地提到這個問題，實因這本是不成問題的問題，幾十年來，卻還有不少人來爭論，而陳奇猷的《韓非子集釋》還不失為比較詳悉而常為多數人參考的書，所以不能不辨白。另一方面，也為了借此標出良樹的一個特殊貢獻，就是他為此問題特著有〈論韓非子初見秦篇出自戰國策〉一文，並在《戰國策研究》一書裏，仔細比勘了《戰國策》和《韓非子》中這兩篇的文字，發現〈初見秦〉實係從《戰國策》那篇或其原始本抄錄出來的，因此可證明「韓非手著」之說的可能性根本就不復存在了。這也可說明我在前面所提到過的，校勘考證實是研究歷史和思想的基本功夫。良樹在這方面特別注重，所以成績也就很突出。

韓非注意到「眾」和「寡」的問題

　　近數十年來，中外學者對韓非在哲學思想和文學各方面的貢

獻，發掘得很多，例如：他對個人與群眾心理的深刻了解，對統治
術的設計周到，兼顧法、術、權、勢；善於運用實際邏輯推理和辯
論，注重矛盾、因果律、和三段論法；認識語言的突出功能與溝通
的困境，及其與政治的關係；以至於寓言、故事、甚或小說，對社
會、政治、倫理和思想陳述的特別功效，都有不凡的認識和表現。
早期法家著作，如《管子》，固然早已顯示其與道家和名家的密切
關係，但韓非更闡釋《老子》，析論刑（形）名，給法家更多的哲
理基礎。他把政治和道德倫理分開，在中國政治思想史上，的確
可以與一千七、八百年後西洋的馬克維利（Machiavelli）和霍布斯
（Thomas Hobbes）相比擬，足以稱為建立近代政治學的先行者。

　　真正說來，政治學所處理的問題，應該是權力的分配、行使和
馴服，韓非在這方面多所注意，常有突出見解，貢獻頗多，也有很
大的限度。他像古代希臘思想家一般，了解語言即權力。他把「無
為而無不為」的理想君主建立在嚴峻的賞罰刑法制度和權術運用之
上，固然避免了君主事必躬親，積極為惡的流弊，卻鞏固了絕對
王權。當代美國一位重要思想史家帕克（J.G.A. Pocock）在他所著
《政治、語言與時間》（*Politics, Language, and Time*, 1971, 1989）一
書裏更說：韓非的學說在這方面遠遠超越了馬克維利。韓非思想體
系中的官吏和人民在法律面前可說相當平等，取消了特權階級；可
是君主還是法律之源，也在法律之上，而整個制度的目的還是在如
何充分維持與運用君主及官吏的權力。所以雖然一切要以法為歸，
卻與現代的「法治」在根本上有不同之處。以前英國的翻譯家魏理
（Arthur Waley）認為「法家」一詞，不宜譯作Legalist，而應譯作
Realist，轉譯作中文就是「現實主義者」，或者可作「實家」罷。
可是我以為這也不太適當，先秦的楊朱、子華子等人，甚至於墨
家，也未嘗不可說是「現實主義者」。所以我嘗以為，不如把法家

直稱做Powerist或「權家」，當然這不是指「權利」（Rights），而是指「權力」（Power），就是說「權力主義者」。

　　韓非處在戰國末期的韓國，國小而貧弱，佔地只有今天的河南省西面一部份，當秦、楚、齊、趙、魏之衝，危機四伏。韓非的書篇，其實多是為韓國設想的救亡之策。在當時那種緊急局勢下，不能不算是一種比較合理的學說。我們不能希望他像我們現在一樣，主張把王權交給人民；事實上，儒、墨之道在那種危國裏也顯得不切實際。三十年前我在一篇英文論文裏曾討論到：如果要中國發展出真正的民主，首先就須建立起多數決的觀念，而中國古代政治思想中這種觀念卻並不發達。《尚書·洪範》中「三人占則從二人之言」的原則只見用於占卜。《論語·子罕》篇裏孔子雖然說過「吾從眾」的話，但有時又寧可「違眾」。孟子「雖千萬人吾往矣」。至於「天視自我民視」這種說法，也只是攏統說人民。前於韓非者，似乎只有《尹文子》注意到「眾」和「寡」的問題，而明白主張：「犯眾者為非，順眾者為是。」可是也說得很簡略。韓非固然也不曾明確地主張多數決，但他可能是最警覺到這一觀念的人，例如他在〈內儲說上〉開頭討論君主的「七術」時，第一條就是「眾端參觀」，接下去又說：「一聽則智愚不分」，反對「舉國盡化為一」，解釋古語「莫三人而迷」說那是因為「一人失之，二人得之，三人足以為眾矣，故曰莫三人而迷。今魯國之群臣以千百數，一言於季氏之私，人數非不眾，所言者一人也，安得三哉？」這就是說：凡舉一事，不與三人謀則必有迷失；若三人又變成了一言堂，仍是無益。他又用張儀和惠子爭議的故事來說明「一國盡以為可」之不當。更在〈外儲說左下〉裏說：「齊桓公將立管仲，令群臣曰：寡人將立管仲為仲父，善者入門而左，不善者入門而右。」這看起來好像桓公是想要知道贊成者和反對者各有多少人或是誰，

可是結果又不是求取多數決，桓公只聽了一人之言就自己作出了決定。不過這幾個故事的確都已透露出，韓非已意識到多數和少數的問題，算是非常難得了。

　　《韓非子》書中像上引這些可發人深思的設想還十分之多。鄭良樹教授的研究當可幫助大家對韓非思想得出更深刻的了解，也會幫助我們建立更完備的中國古代思想史，所以我很高興來寫這篇序言。

一九九二年夏日於美國陌地生威斯康辛大學

湖南祁陽周氏修族譜序

原載〔湖南省祁陽縣〕《周氏八修族譜》〉，湖南：祁東縣敦睦堂刊板，一九九四年。

　　吾族八修族譜將竣事主持諸君子屬族孫策縱為序言，當茲盛舉，未能固辭，謹遜肅而言曰，夫譜牒之興，中外均古，甲骨文於殷之先祖統系，記之井然。《逸周書》載周文王於二十三祀，約當公元前一一四九年，在鄷告周公旦及公卿百姓，以異姓亂族為「十敗」之一，足徵其重視族姓之甚。《易》〈同人〉《象辭》云，「天與火同人，君子以類族辨物。」《周禮》〈小史〉掌邦國之志，奠繫世，辨昭穆，〈瞽矇〉之職亦然。鄭注繫世為《帝繫》、《世本》之屬。今《大戴禮》猶存〈帝繫篇〉。《史記》、《漢書》等並多徵引《世本》一書。是譜牒之作，當可溯源於殷周之世矣。漢高祖起自布衣，不重氏族。然西漢已有揚雄《家牒》，又如顧亭林所言，後漢鄧氏亦有《官譜》（東漢鄭玄注《周禮》）。迨漢末至隋、唐，益重門第，族譜之作，漸趨繁夥。東漢王符著《潛夫論》，中有志氏姓之篇，應劭《風俗通義》中，亦有氏族一篇之作。趙岐著《三輔決錄》於東漢古雍州之氏族名流，多所記述。魏有王肅《家譜》，晉則虞覽著《虞氏家記》，范汪著《范氏世傳》，摯虞著《族姓昭穆記》。劉宋何承天著《姓苑》，劉湛著《百家譜》，不一而足。魏晉之間，更創「譜學」之名。《南史》載，賈希鏡之祖弼之為晉員外郎，父匭之為驃騎將軍，家傳譜學，希鏡三世傳學，所集凡十八州士族譜合百帙，七百餘卷，該究精悉，皆如貫珠，又撰《士族要狀》，並行於時。齊永明中，王儉亦與希鏡抄次同撰《百家集譜》，故賈氏譜學，最擅令名。沈約謂，東晉成帝咸和以後，所書譜牒，並皆詳實。梁武帝因約言，詔王僧孺改定《百家譜集抄》十五卷，《南北譜集》十卷，故又有「王氏

譜學」之稱。南朝譜牒之盛，可以想見。《隋書》經籍志譜系篇除注明已佚之九百餘卷外，存者尚列有三十八種，共三百五十七卷。唐、宋以降，史學漸著姓氏族譜，益為史家所重。劉知幾《史通》謂，凡為國史者，宜各列氏族志，並別撰《劉氏家史》及《譜考》。統唐代人所撰族譜可考者，凡六十種，共八百九十三卷。宋鄭樵《通志》，首列〈氏族畧〉，多採用唐憲宗元和七年，當公元八一二年，林寶所著《元和姓纂》，南宋初十二世紀時，鄧名世更有《古今姓氏書辨證》之作，俱為世所知。宋、元、明以後，雖門閥已廢，而民間族譜，轉趨普遍。清代文網細密，禁忌甚嚴。然士林編輯譜牒，未嘗廢棄，章學誠《文史通義》，論之尤審。自清初至一九四九年，中國各地所修族譜，估計當不下二萬種，可云多矣。至於泰西，古埃及木皮書紀帝繫頗詳，希伯來於《舊約聖經》，首陳家世，希臘荷馬史詩，口述祖跡，其後希羅多德有《史記》之作，亦徵引族系。回教經典，首重述祖，古印度譜牒，亦復昭著。他如中國之少數民族，非洲之黑人等，無論有文字與否，歌謠史詩，述說祖先神話功烈軼事，往往累百千萬言，世代悠傳，綿綿不絕。至於近代，一九一一年，英倫乃成立譜牒學會，會員漸增至一萬一千餘人，附設圖書館，所藏卡片，人名達三百餘萬。迨一九二八年，歐美各國，更於西班牙有首屆國際紋章譜牒學會之召開。近數十年來，美國各大圖書館，收藏中國之族譜，已超過一二千種，加以「尋根」之風日熾，譜牒益為史學界所重視，日本收藏吾華族譜，為數亦夥美國猶他州（Utah State）尤為族譜研究中心之一。吾中外友人中，更不乏倡導之士，發為著述，燦然可觀。北宋十一世紀時，蘇老泉（蘇洵）著《族譜引》有言曰，「吾所與相視如途人者，其初兄弟也，兄弟其初一人之身也，悲夫一人之身分而至於途人，此吾譜之所以作也。」其意曰，「分至於途人者，勢也，勢吾無如之何也，幸其未至於途人也，使其未至於忽忘焉可

也。」旨哉蘇氏之言，予維人倫之始，大同之基，實始於夫婦、父母、子女、兄弟、姊妹之間，由個人而家，由家而族國天下，要在能「推己及人」，斯應為人與仁之本義。此理實古今中外不殊也。至若不免種族之爭，軍政械鬥流血之禍者，則皆由於不能以「推」為要義耳，自今六年以後，即至二十一世紀，讀蘇洵之言，尤信古人豈必欺我，故舊有族譜「一世一修」之論，蓋慮其疏忘也，固吾支六修在前清宣統二年（一九一〇），七修在民國三十三年（一九四四）。去一世已逾四載，緣當時阨於抗日之戰，吾邑為寇兵所蹂躪，然族前輩偃蹇困頓於烽火刀叢，猶勉竟其功，而至今八修，則相距已五十年矣。凡外患之所不能阻者，內憂反足以礙之。吾族長老賢達，必有「無可奈何」之感耶。然而卒能排除萬難，集群力而成之，亦可以慰先人於地下，勵後進於來修焉。周姓素稱望出汝南，依緯書以為始自黃帝時，然皆茫昧無徵。南北朝北方少數民族，亦時有依附採用周姓，而唐先天中，當公元七一二年，姬姓為避明皇李隆基嫌名同音，改姓周氏，是則文、武、周公之苗裔也。大抵古今姓氏，血源皆已混淆，嚴格區分，已了無意義。然淵源亦不能無自，且族譜足以：一、作基層之史料，補正史之缺遺。二、供血統遺傳優生社會學研究之素材。三、記氏族遷徙，中、外民族同化之軌跡。四、留人物傳記之細節，察人際關係之隱微。五、紀文化思想學術文藝之地域性。六、究民情風俗習慣之舊狀現況與演變。七、留家訓族規之遺則。八、考陵墓祠堂古蹟建築之今昔。九、察職業分佈，人口變動，民生經濟之實況。十、查科歷仕宦教育出身。十一、存掌故傳說遺聞軼事。十二、留藝文典籍，文獻紀錄，文物遺產及科技建設之遺跡。凡以上皆譜牒之具有學術歷史價值者也。至於述家聲足以鼓舞來者，亦豈可厚非。是以庾信之詩賦，搖動江關，乃特稱潘岳之始述家風，陸機之先陳世德，豈無故哉。吾宗即自漢以後計之，亦代有聞人，如周勃、亞夫父子，匡

扶漢室風骨嶙峋。周瑜赤壁一火，使曹瞞北遁而顧曲英發，則兼姿文、武。周濂溪敦頤，「光風霽月」，愛蓮不染，為理學之開祖。論學術則劉宋時周顒著《四聲切韻》，為四聲著述之祖，實早於沈約之《四聲譜》，亦開陸法言《切韻》之先河。論文學則北宋末年有詞中老杜之周邦彥，為詞家之大宗，承前啟後，無有倫比。抑尤有進者，歷代婦女作家詩人，周姓者逾百人，方諸五六大姓，人口較多，若論其比例，則可云超且眾矣。凡此皆出類拔萃，足為後世之楷模，雖遠者已難追，然近則習聞。吾支自徙居湘南，素以孝悌傳家，忠厚處世，睦鄰愛里，守望相助，百十年間，人才輩出，「南州冠冕」，風誼昭然。倘無空前之浩劫，豈有絕後之射影。惟往者已矣，尤有望於將來。若能激揚先緒，輝宏「推己及人」之旨，獎勵人文，促進科學，實施民主，以一家一族為始基，進而使舉世人人當樂尊榮。路無哀怨，野盈心聲，得臻世界永久和平之極致，則吾宗後起之秀，將來必共幸未忘祖德，無忝先人，而同慶「欹歟盛哉」乎。

一九九四年歲在甲戌仲春下浣
族孫　策縱　敬撰

《棄園文粹》序

原載《書屋》一九九七年第六期（一九九七年六月）。

這個集子是從我最近四十多年來所發表的書文裏摘錄一些片段，編纂而成。（只考扶桑一篇以前未發表過，但結論早在別處提及。）現在不妨借這個機會，把我早期治學的經過，和後期如何轉變成大致表現在這個集子裏的情況，做一個簡單介紹，就算是我的「述學」之一罷。

年輕時關切的問題

我從年輕時起，就很關切自然和人文方面的重大問題。除了齠年起對舊體詩詞、新詩、戲曲、小說的創作嘗試不計之外，回顧自己寫作帶有學術思想性的文章，大約開始於一九三四至一九三五年我十八九歲在高中求學的時候。一九三六至一九三七年間，在長沙發表的論文，都關涉到自然科學和中國哲學思想史方面。例如〈相對論戰勝牛頓定律〉、〈內分泌之重要及其功用〉、〈論儒、釋、道之交互影響〉等，每篇都在一萬二千字以上。有一篇《荀子禮樂論發微》，還於一九三七年一月起連載在當時頗算有學術地位的，上海世界書局出版的《學術世界》月刊上。不料抗戰突起，文章尚未刊完，大半稿件就遺失了。這些少年時代的習作固然談不到甚麼貢獻，卻可看出我最初治學關心的所在。

到了大學，已是對日抗戰時期，我發表的文章多牽涉到中西哲學、政治思想、世界史、中國古典詩歌和歷史上的一些社會問題。目前所能找到的一些零篇斷簡，如〈蘇格拉底論死〉、〈近代史上

之波蘭〉、〈漢、晉詩歌中所表現的婦女生活及婚姻問題〉等，已可看出我已由自然科學轉向人文關懷。在〈布丹的主權論〉一文後面我選譯了布丹（Jean Bodin）的名著《國家六論》（一五七六）。在一篇〈格老秀斯的國家論與主權論〉一文後，我也選譯了格老秀斯（Hugo Grotius）的《戰爭與和平法》（一六二五）一書。我當時的目的是想要探索西方現代「民族國家」（nation-state）理論和「國家主權」（sovereignty）觀念的根源。在一篇〈政治與衝動：羅素政治思想述評之一：政治目的論〉裏，我介紹並批判了羅素的「佔有衝動」和「創造衝動」理論。我也有一篇〈知·情·意論〉，在那裏指出中外古今都有一種知、情、意、智、仁、勇、真、善、美，或德、智、體的三分法，希望有三者的平衡發展。在大學裏，我還花了不少的時間精力去研究《左傳》中的子產、中國現代化和政治制度改革問題。一九四二年發表的〈時空政治〉標示我對時空（四度空間）觀念的敏感。特別注意到選舉、任期時限、司法獨立和行政效率的重要性。此外在與人合作的〈政治離亂與集權主義的誤用〉和〈水到渠成的均權主義〉二文裏，我企圖解決中央和地方權力升配的難題。

去國的契機

可是大學畢業後不久我就被推薦到政府工作去了。有四五年時間，我都在替政府領導人物寫文稿，從某種角度看，不能說不重要。但這和我個人的興趣大相反。一九四七年五月四日，上海《大公報》為了紀念五四運動二十八週年，發表我的一篇〈依新裝，評舊制──論五四運動的意義及其特質〉，同一天還登載有胡適先生、該報主筆王芸生和中國農工黨領導人董時進紀念五四的文章。我的一篇已非常含蓄，未能盡意，卻已引起當局對我的

警告。我便一再堅決辭職，辭了半年多才辭准，於一九四八年夏天留學美國。這樣一留就快要五十年了。這真是我一生學術思想和生活的大轉機。當時顧頡剛先生引《世說新語》一則，寫一橫批為我送行。全文是：「支公好鶴，住剡東岇山，有人遺其雙鶴，少時翅長欲飛，支意惜之，乃鎩其翮。鶴軒翥不復能飛，乃反顧翅，垂頭視之，如有懊喪意。林曰：『既有陵霄之姿，何肯為人作耳目近玩。養令翮成，置使飛去。』策縱先生將渡重洋，譬如鶴之翔乎寥廓，廣大之天地皆其軒翥之所及也。因書《世說》此節，以壯其行。卅七年三月顧頡剛書於白門。」他這番好意，使我非常感奮，這幅字我至今還寶藏着，並且收錄在我編的《民初書法》中。我當時在太平洋的船上寫有〈去國〉一詩：「萬亂瘡痍欲語誰，卻攜紅淚赴洋西。辭官久作支牀石，去國終成失乳兒。讜議從違牛李外，史心平實馬班知。吳門傾側難懸眼，碧海青天憾豈疑。」自註云：「陳布雷先生臨別於私室贈言，以予湘人，殆有曾文正公自立事業之志，故不可強留。因憶文正〈漫興〉詩有云：『微官冷似支牀石，去國情如失乳兒。』信予情之更切於曾也。一九四八年五月十日於美琪輪上。」不料才過半年，時局急轉，陳先生竟與世長辭了！

在美國的前五年，我多半研讀西洋哲學史、政治理論與制度和東西方歷史。一九五四年在哈佛大學擔任訪問學者，寫完博士論文，對五四運動史花了不少時間和精力。這期間我最關心的問題是中國如何富強，如何吸收西洋的長處，推動現代化。一九五六年起再到哈佛任研究員五六年，在那裏的幾個圖書館裏讀了古今中外不少的書，使我對中西漢學有了更多的認識，也使我的治學方向發生了又一次大轉變。

中國人思維的缺失

由於讀了更多的外語，使我深深感到，從古代起，我們中國人的思維方式不免有兩個最基本的缺失：一個是邏輯推理不夠精密，尤其在實際議論時不能嚴密運用「三段論法」（syllogism）。另一個缺失看來很簡單，卻可能更基本，我們對「認知」的意識不夠發達。就是對「是」甚麼，「不是」甚麼不夠重視。從先秦起，「是非」就逐漸變成道德詞彙，不是指實之詞了。「是」、「為」、「乃」作為指實詞，用得很不普遍和明確。漢語動詞作名詞用自然太多了，可是「是」作為 to be 或 being 意義用作名詞者，恐怕古代並不多見。我只不過用這個例子來說明，我們傳統上「認知」是甚麼不是甚麼的意識，發達得可能不充分。這兩點是我去國五十年來的痛切感覺，對不對自然是另一問題，但對我後來的治學研究，關係不小。

於是我認為，對中西文明、思想和制度等，我們認知得還很不夠。甚至連中國的古代經典、文學作品，以至於古代文字和古今歷史事實，都應該切實認知一番，才能夠加以評判。

在哈佛的那幾年，我也認識歐美一位重要文學理論批評家和詩人李查滋（I. A. Richards），我和他曾有一個合作計劃，研究古代中國文學和哲學的主要觀念（key terms）。這個計劃後來因他去非洲，我到威斯康辛，便中斷了。但六十年代以後，我個人還是寫了一些如「詩言志」、「文以載道」和「六詩」等方面的論文。有些已摘錄在這個集子裏。

以上我大致敍述了後半生治學的經過和轉變。只是在威斯康辛

大學這三十多年的情況這裏沒有說到。可是從這個集子已可看出這些年來我治學的一部份線索，也就用不着再說了。

這個集子我原想題作「棄園文摘」或「文擷」，但編輯先生說：前者太俗。我又覺得後者恐怕有些人不知如何讀法。編者建議用「文粹」，其實就我看來，我的拙文哪會有甚麼精粹之處，只能說是糟粕中檢出來的碎義罷了。

這次蒙王元化先生推薦慫恿，高國平先生主催安排一切，尤其是錢文忠先生辛勤選錄編纂。他們的好心和努力，不是只用「感謝」兩個字表達得了的。

周策縱
一九九七年六月二日於美國威斯康辛州陌地生市

對《中國北方諸族的源流》一書的幾點看法

原載臺北：《歷史月刊》第一八〇期（二〇〇三年一月）。

　　朱學淵博士把二〇〇二年五月北京中華書局出版他的書《中國北方諸族的源流》寄來，說準備在臺灣出修訂版，並要我寫一篇序。我早先就讀了他第一篇文章〈Magyar人的遠東祖源〉，他說Magyar（讀「馬扎爾」，即匈牙利），事實上就是中國歷史上的「靺鞨」族。他從「語言、姓氏、歷史故事和人類互相征伐的記載中」，勾畫出了一個「民族」的始末來，旁徵博引，我認為有很大的說服性。後來他又討論了通古斯、鮮卑、匈奴、柔然、吐火羅等許多種族和語言，一共收輯了九篇論文，還有〈附錄〉和〈後記〉，就成了本書。

　　大家都知道，十九世紀下半期以來，歐洲一些漢學家由於兼識多種語言，而對中亞、遠東諸族的姓氏和源流，多有研考，成績可觀。如斯坦因（Sir Aurel Stein，一八六五至一九四三）、沙畹（Edouard Chavannes，一八六五至一九一八）、伯希和（Paul Peliot，一八七八至一九四五）、馬伯樂（Henri Maspero，一八八三至一九四五）等尤為顯著。中國的馮承鈞（一八八七至一九四七）翻譯了不少他們的著作。其實是應該全部都譯成中文的。中國學者懂這些語言的太少，像陳垣、陳寅恪都已經去世了，季羨林教授又已年老，將來只能靠年輕一代。

　　學淵這本書遠遠超過前人，對北方各少數民族不但索源，並且窮流，指出亞、歐種族和語言融合的關係，發前人所未發。尤其難得的是，他本來是學物理學的，能不受傳統人文學科的拘束，獨開

生路，真是難能可貴。讀了學淵《中國北方諸族的源流》一書之後，不免有許多感想，這裏只能提出幾個問題來討論。

「族」的觀念

第一，中國人「族」的觀念起源很早。至少於三千五百年前甲骨文中的「族」字，就是在「旗」字下標一枝或兩枝「矢」（「箭」）。丁山解釋得很對，族應該是以家族氏族為本位的軍事組織。這種現象在北方諸族中，就可以看得很清楚，如《舊唐書·突厥傳下》說的：

> 其國分為十部，每部令一人統之，號為十設。每設　以一箭，故稱為十箭焉。……其後或稱一箭為一部落，大箭頭為大首領。

這裏的「箭」，本義為「權狀」或「軍令」，後來則轉義為「部落」了。又像滿洲「八旗制度」，將每三百人編為一「牛彔」（滿語niru，意為大箭）。因此「八旗制度」和「十箭制度」，也都在「旗」下集「矢」，是軍事性的氏族組織。「族」與「矢」的這種關係，可以說中原漢族和北方民族是息息相通的。學淵說北方諸族是從中原出走的，這或許是個合理的證據。

箭是人類早期最重要的發明之一，對這個字的研究，自然非常重要。它在匈牙利語中是nyil，芬蘭語中為nuoli，愛沙尼亞語中為nool，竟都與滿語的niru如此相近；而漢語中的「弩」、「笞」等字，是否與之相關？也很值得深思。中國古文字研究，重「形」和「義」之解釋，固然有其特殊貢獻，但忽略「語音」的構擬，已經

被詬病得很久了。總有一天是要兼走這條路的，而捨比較語言學的方法恐怕不能成功。

唐太宗征遼東之役

關於唐太宗征遼東（高麗）的戰事，正史中很多記載並不真實。在學淵的〈Magyar人的遠東祖源〉一文中，他詳細敍述了這場戰爭，但引用的卻多是中國官史的説法。多年前，好像柏克萊加州大學一位美國朋友贈我一文。他根據高麗方面的記載，説貞觀十九年（公元六四五）六月安市城（今遼寧海城南）之戰，因高延壽、高惠真率高麗，靺鞨兵十五萬來救，直抵城東八里，依山佈陣，長四十里，抵抗唐軍。唐太宗親自指揮李勣、長孫無忌、江夏王李道宗（太宗的堂弟）等攻城，然而經過三個月還不能攻下。後來因為太宗中箭受傷，只得在九月班師。

可惜這篇文章一時找不到了，我只能從中國史料來重構一些真相，而中國官方記錄都是一片勝利之聲，實在離真事很遠。據《資治通鑑》説安市之戰時，李道宗命傅伏愛屯兵山頂失職，高麗兵奪據土山。太宗怒斬傅伏愛以徇，李道宗「徒跣詣旗下請罪」。太宗説「汝罪當死」，但「特赦汝耳」。據我看，太宗中箭，大約即在此時。而靺鞨兵善射，太宗可能就是中了靺鞨之箭。

《新唐書‧黑水靺鞨傳》説：「高惠真等率眾援安市，每戰，靺鞨常居前，帝破安市，執惠真，收靺鞨兵三千餘，悉坑之。」同書〈高麗傳〉所説的「誅靺鞨三千餘人」，當是同一件事。太宗對高麗軍都很寬恕，獨對靺鞨人仇恨，必非無故。九月班師，《通鑑》説是「上以遼左早寒，草枯水凍，士馬難久留，且糧食將

盡」，其實都只是藉口。

　　《通鑑》又說，這年十二月太宗突然患癰疽，「御步輦而行」；「至并州，太子〔李治〕為上吮癰，扶輦步行者數日。」還有侍中兼民部尚書和禮部尚書劉洎，本是太宗的親信大臣，「及上不豫，洎從內出，色甚悲懼，謂同列曰：『疾勢如此，聖躬可憂。』」太宗居然用「與人竊議，窺窬萬一，謀執朝政」的罪名，賜他自盡。其實他不過是透露了太宗受箭傷的消息，竟惹來了殺身之禍！

　　《通鑑》還說，二十年二月，「〔太宗〕疾未全平，欲專保養，庚午〔陽曆三月二十九日〕，詔軍國機務並委皇太子處決。於是太子間日聽政於東宮，既罷，則入侍藥膳，不離左右。」褚遂良諫太宗多給太子一些閒暇，說明太宗已把責任都交給太子了。二十二年五月，太子率更長史王玄策擊敗天竺（印度），得其方士那邏邇娑婆寐，自言壽二百歲，有不死術。太宗令他「採怪藥異石」，以求「延年之藥」。據我看，太宗是想要治箭瘡。二十三年（公元六四九），五月己巳（陽曆七月十日），太宗服丹藥反應崩駕，他死後四天才發喪。當時宣佈他年五十二，實際只有五十歲。中國後世史家，甚至寫唐史的人都很少留心敵人方面的記載。我只注意到錢穆先生的老師呂思勉在他的《隋唐五代史》裏就懷疑官方的說辭。他說：

　　《新唐書‧高麗傳》曰：始行。士十萬，馬萬匹，逮還，
　　物故裁千餘，馬死什七八。船師七萬，物故亦數百。《通
　　鑑》曰：戰士死者幾二千人，馬死者什七八。此乃諱飾之
　　辭，豈有馬死什七八，而士財〔才僅〕喪百一之理？

　　當然，他還沒有注意到高麗方面的記錄，可是有此見解已很不容易了。

李唐家族血緣與長孫皇后

　　關於李唐家族的血緣，前人也有些研究。陳寅恪曾發表兩篇論文，認為唐朝皇室基本出於漢族。日本學者金井之忠發表〈李唐源流出於夷狄考〉一文反駁。陳寅恪又寫了〈三論李唐氏族問題〉來答覆。陳說：李唐祖李熙及妻張氏皆漢族，其子李虎自係漢族，虎妻梁氏固為漢姓，發現有一例為胡人，乃只好作為可疑了案。陳寅恪是依傳統，以男性血緣為主，所以終於認定李唐為漢族。

　　依照我從男女平等的看法，張姓本多雜胡姓，李唐皇室早已是混血種。李虎之子李昞本身已可疑，其妻獨孤氏（即匈奴屠各氏，後改劉氏）當是胡族。他們的兒子李淵（高祖）必是漢胡混種，胡血能在一半以上。李淵的妻子寶氏（太宗之母）乃紇豆陵毅之女，更是鮮卑族胡人。所以唐太宗的胡血，至少有四分之三。太宗的妻子長孫皇后（高宗的母親），是拔拔氏（史亦稱拓拔氏，也就是拓跋氏），高宗身上漢血的成分已很少很少了。

　　據陳寅恪考定，高宗做太子時，即烝（上淫曰烝）於太宗的「才人」武則天，太宗死後便直接娶了她。為了避免顯得他是直接娶了父親的愛妾，便又偽造武則天先在感業寺為尼，然後才把她娶來的假故事。這雖像掩耳盜鈴，但於胡血甚濃的李唐家族來說，從「父死，妻其後母」的胡俗，又有甚麼可驚怪的呢？皇族還可略加追索，至於一般老百姓，當然更是一篇糊塗賬。

中國歷來對姓氏和血緣的研究就不用心，章太炎在《自述學術次第》中説：「姓氏之學……所包閎遠，三百年中，何其衰微也！」姚薇元於抗戰前師從陳寅恪，他在一九六三年出版《北朝胡姓考》，於〈緒言〉中説自己是「以蚊負山」，也不為無故。

這裏還必須指出，太宗的妻子長孫皇后，於貞觀十年六月己卯（陽曆七月二十八日）因病去世，實年僅三十五。她的英年早逝，對唐朝的命運關係重大。身為皇后的她，既好讀書，又反對外戚弄權。她的哥哥長孫無忌與太宗是「布衣交，以佐命為元功，出入臥內，帝將引以輔政，后固謂不可。」她向太宗説：「不願私親更據權於朝，漢之呂、霍，可以為誡。」（《新唐書·后傳》）太宗不聽，任無忌為尚書僕射，即宰相之職；她卻勉強要哥哥辭謝了。她一死，無忌就當了權，扶持了外甥李治做太子。親征高麗時，有人建議直取平壤，無忌卻主張先攻安市，結果有太宗的中箭。

後來高宗因常患「風眩」，一切由武則天控制。她把唐朝宗室幾乎殺盡，連太宗的愛女和女婿，和她自己的兒女也遭誅殺。長孫無忌遭貶謫賜自盡，褚遂良則死於貶所。武則天終於篡了天下，做了皇帝。説來，在玄武門事變中，太宗把同母兄太子建成射死；自己後來也因中箭傷而崩駕，可謂報應不爽。而他讓人把胞兄建成和胞弟元吉的頭割下來示眾，還把他們的十個兒子都殺光。時元吉卒僅二十三歲，想必他的五個兒子不過幾歲，小孩又有何罪？

趙翼在《廿二史劄記》裏説：「是時高祖尚在帝位，而坐視其孫之以反律伏誅，而不能一救。高祖亦危極矣！」《通鑑》則評得更痛快：「夫創業垂統之君，子孫之儀刑〔模範〕也，後中、明、肅、代之傳繼，得非有所指擬〔摹擬〕，以為口實〔藉口〕乎！」

那幾代皇帝都要靠軍隊平難，方能繼位。太宗雖然是一個歷史上的好皇帝，但他也為本朝後人樹了壞規矩。上述的這些惡果，多少與長孫皇后和魏徵的早死有關。魏徵死於征遼之前兩年。太宗在戰事失敗後，曾歎曰：「魏徵若在，不使我有是行也！」

太宗服丹藥喪命，也是皇室的壞榜樣，趙翼的書中就有〈唐諸帝多餌丹藥〉一條。貞觀二十一年高士廉卒，太宗欲去弔唁，房玄齡諫阻，「以上餌藥石，不宜臨喪」。長孫無忌更一再攔阻。這還不是那印度方士的藥，但可見他早就在服丹藥了。多年後，李藩對唐憲宗（八〇六至八二〇在位）說，太宗「服胡僧藥，遂致暴疾不救。」說的才是那印度方士的藥。至於好色和亂倫，更是唐朝皇帝們的家常便飯了。

阿伏于？阿伏干？

最後，我想質疑學淵在〈Magyar人的遠東祖原〉的一個說法：他引用馬長壽的結論說「阿伏于是柔然姓氏」，並且推論說：柔然是繼匈奴、鮮卑之後，稱霸漠北的突厥語族部落，公元五〇八年被高車族重創。又據歐洲歷史記載，一支叫 Avars 的亞洲部落於五六八年進入東歐，曾經在匈牙利地區立國，並統治巴爾幹北部地區二百年之久，八六五年為查理曼帝國所滅。歐洲史家認為 Avars 是柔然之一部；學淵以為 Avars 就是匈牙利姓氏 Ovars，或「阿伏于」的別字。很可能是在九世紀末，Avars 與 Magyar 人融合，而成為匈牙利民族的一部份。

我原來以為學端的推測很巧妙，可是一查他在註釋裏引馬長壽的《烏桓與鮮卑》一書中所說的，不是「阿伏于」，而是「阿伏

干」。再查馬氏所根據的《魏書·長孫肥傳》附其子長孫翰傳曰：

> 蠕蠕大檀入寇雲中，世祖親征之，遣翰率北部諸將尉眷，
> 自參合以北，擊大檀別帥阿伏干於栎山，斬首數千級，獲
> 馬萬餘匹。

馬氏認為入寇雲中是在公元四二四年。我查得栎山是在綏遠界內，今屬內蒙。

據陳連慶著《中國古代少數民族姓氏研究》（吉林文史出版社，一九九三年初版頁一九八）說：

> 《魏書·官氏志》說：「阿伏于氏後改為阿氏。」「于」
> 字係「干」字之誤。《姓纂》七歌、《氏族略》均不誤。
> 《廣韻》七歌誤作「于」。

陳氏又說：

> 《魏書·高祖紀》云：「延興二年（公元四七二年）二
> 月，蠕蠕犯塞，太上皇（獻文帝拓跋弘）召諸將討之，虜
> 遁走。其別帥阿伏干率千餘落來降。」

為甚麼在四十八年之後，阿伏干又來投降北魏？我再查手頭的中華書局標點本，原來陳氏又將「阿大干」錯寫作「阿伏干」了，他們不是一個人。我以為，「阿伏干」讀音，最接近「阿富汗」（Afghan），而阿富汗人多數說的是一種屬於伊朗語言（Iranian language）的普什圖語（Pashtu）。當然阿富汗之名的由來還須查

實，一九七〇年版《大英百科全書》說 Afghan 的名稱是六世紀印度天文學家 Varaha-mihira 首先提到，當時用的是 Avagana。同時期的中國歷史似亦有線索，《魏書‧西域傳》記載過「閻浮謁，故高附翕侯，都高附城」，古之「高附」，就是今之喀布爾（Kabul）；莫非「閻浮謁」就是阿富汗？此事還望學淵作進一步探索。

我在這篇序裏要強調的有幾點：

（一）凡對外，對內關係或戰爭，都應該要比較對方的記錄，平衡判斷。（二）官方的宣傳和記載，不可盡信。（三）偶發事故，像長孫皇后和魏徵之等，往往可有長遠重大的後果，歷史並非有必然定律可循。（四）美國素來以世界諸族熔爐自豪，當然可貴，但還只有三數百年發展；中國卻早有三數千年的民族融合了。語言、血族、文化、文明的和平交流融會，更可能是將來的趨勢。我看這也是朱學淵博士此書最重要的貢獻。

二〇〇二年十月五日寫成於美國威斯康辛州陌地生市之棄園

為好友畏友頌——香港中文大學編《劉殿爵教授英文論文中譯集》序

原載香港中文大學編：《採擷英華——劉殿爵教授論著中譯集》，
香港：香港中文大學出版社，二〇〇四年九月。

　　我和劉殿爵教授相交已經四十年了。我對他的為人和治學，都非常欽佩。他家學有淵源。中英文都很好。我嘗認為，中國人英文好的，中文根基往往不足，尤其對乾嘉考證之學，很難有訓練。像胡適在這兩方面都好的，比較稀有，成就也很特殊。殿爵可說是這方面很稀有的學者。他英譯老子《道德經》、《論語》和《孟子》等書，不但英文十分流麗，更對中文原著有特殊了解，有深入研究。他對乾、嘉考證之學，下了沉潛功夫，如對王念孫、王引之父子的著作，非常熟悉和愛好，都是他嘗和我談到過的。又如後來他對《淮南子》特有研究，並把許多經典的文句，排列對照，找出各種同點和異文來，這都可說是他在方法上的特殊貢獻。真是難能可貴！在研究方面，他於英譯諸書的導言裏，和許多長短論文中，指出和解決了多種問題，如對《呂氏春秋》文字的考訂，對《孟子》書中辯論技巧的分析，對「持盈」和「欹器」的解釋，對《莊子》書中難點的指出和決論，牽涉的古籍，以至地下出土文物等等多種，真是美不勝舉。

　　至於殿爵的為人，我可以用「真」、「誠」兩字來說明。他對同輩和後輩，從來不苟阿取容，完全以本色待人接物。對後輩尤其和藹可親。據我的觀察，他處世沉默寡言，往往令人有不苟言笑的感覺。可是你如同他接近，談得投機，你會覺得他「即之也溫」。

殿爵是我的好友，也是我的「畏友」。據一般的解釋，所謂「畏友」，是品格端重，使人敬畏的朋友。語出南宋陸游（一一二五至一二一〇）《渭南文集》卷二七，〈跋王深甫先生書簡〉：「此書朝夕觀之，使人若居嚴師畏友之間，不敢萌一毫不善意。」按《孟子·公孫丑上》，孔子弟子曾參的兒子曾西説過：子路曾為「先子之所畏」。「畏友」一詞，大約本於此。我素來把殿爵當成「畏友」，不但因為他的人品端正，使我不敢掩飾過失；也因為他學問謹嚴，使我不至疏忽弄錯而不肯改正。在這方面，他也可説是我的益友。

鄧仕樑教授要我替中文大學中國語言及文學系和吳多泰語文中心合編的《劉殿爵教授英文論文中譯集》寫序，我當然樂於接受。他們編輯出版此書，不單是為了劉教授服務中文大學二十五週年紀念，也為了慶祝中文大學創校四十週年。我不但和殿爵相交多年，也曾在中文大學訪問多次，自然樂於參加這次紀念和慶祝。

二〇〇三年三月廿九日於美國威斯康辛州陌地生市之棄園

近代思潮

《海外排華百年史》序

原載沈已堯著：《海外排華百年史》，香港：萬有圖書公司，一九七〇年。

　　沈已堯先生把他近年來所寫有關華人移民美國、加拿大、澳大利亞和紐西蘭等地的文章，約十餘萬言，收集成書，來信要我作序。我讀了他的大作之後，深深感覺他能把握這一為前人所未曾充份注意的重要問題。

　　近一百多年來，自從中國與西洋關係增加以後，一般人以至於歷史家，多只注意到列強用實力推開中國的門戶，使它本身發生了巨變；卻往往忽略了另外一件大事，就是，這一百年間中國人向海外移民，他們的生活和遭遇，以及這一發展的歷史意義。

　　海外華人在近代世界史上應該有相當重要性。這一點，單從數量上說也可明白。一九四〇年全世界的海外華人約有八百五十餘萬。一九五六年便已超過一千四百萬。一九六二年度增到一千六百餘萬。次年就接近一千七百萬。據我的估計，連港九在內，目前海外華人已達到兩千萬了。這就是說，海外華人約末和加拿大全國人口一樣多，比澳大利亞和紐西蘭幾乎都要多一倍，也比全世界猶太人口要多五六百萬，不久以後，也可能多到一倍。這個現象，比起一百年前閉關自守的中國人來，已有天壤之別了。

　　雖然兩千萬海外華人還不到中國總人口的百分之三，但是這部份華人分佈的地區大，創業的機會多，他們大部份的物質生活水平，與一部份的教育程度，都已超過了中國本地人。他們對世界文明的吸收、貢獻和影響，對中國文化的改革和向外傳播，已逐漸有

了顯著的成績。未來的發展更不可限量。

可是這一正在發展中的史劇，竟很少為人從這一歷史角度來注意和研究。中文著作更是罕是。這也許還受了過去安土重遷觀念的影響，正如傳統中國少有史詩，我們不作興誇張移民遠徙的業績。

紀錄華工經歷的作品

當然，自十九世紀七十年代美國發生「華工禁約」運動以後，中國人也曾寫過不少作品來紀錄華工所經歷的險阻艱難，所遭受的限制壓迫和虐待。光緒二十九年（一九〇三）梁啟超由日本到加拿大和美國各地遊歷，目的之一就是調查華人在美加的情況。他當時寫有《海外殖民調查報告書》，並且在《新民叢報》上發表《新大陸遊記》，一名「美國華工禁約記」，對當時的條約規例等頗有記述。同時，中國還出現過好幾種小冊子報道華工所受的虐待和他們的反抗。如光緒三十一年（一九〇五）上海有署名「支那自憤子」的，寫了一種小冊子《同胞受虐記》，印贈分發。同年民任社出版《抵制禁約記》一書。還有許多報刊，如《外交報》等，也都有文章討論如何抵制排擠華工運動。

這時候，上海還出現了不少的白話和文言小說，描寫華工在美受歧視和虐待的情形。最好的例子如一九〇五年上海圖書集成局出版的白話小說《苦社會》四十八回，六萬多字。作者以華工的身份描寫三個知識分子到美國做工，見聞經歷不少的慘痛遭遇。類似的作品還有《繡像小說》上所載的〈苦學生〉。此外如一九〇六年啟智書社出版有「中國涼血人」作的文言小說《拒約奇譚》；一九〇七年小說林書社出版有碧荷館主人作的白話小說《黃金世界》；

名小說家「我佛山人」吳研人在《月月小說》上也發表了〈劫餘灰〉，都以描寫華工在美做「豬仔」的生活為主。

這些作品對二十世紀初年中國的民意發生過相當影響，幫助發展了當時抵制美貨和反抗外人侵蝕中國主權的運動。凡是研究晚清思想史和小說史的人都很熟悉。但是當那些運動過去之後，這些作品就不再流行了。一直要到近些年才在大陸上又重新提起。例如一九五八年北京中華書局出版朱士嘉編的《美國迫害華工史料》，把咸豐、同治、光緒年間有關的檔案和新聞記載，彙集在一起，還算便於參考。可是缺乏外文資料，對於事實背景也沒有注釋和分析。一九六二年同一書局又出版阿英（錢杏邨）編的《反美華工禁約文學集》，收集材料相當豐富。但就全面歷史性而論，關於十九世紀以來海外華人的史實，還很少像一九三六年商務出版李長傅的《中國殖民史》最後一章所記的詳細，更不消說遠遠超過了。

至於在這方面的外文著作，除了少數部份性的專題研究之外，許多都是小說新聞性作品，把「唐人街」渲染得稀奇古怪，以引起讀者的趣味。若名記者艾斯伯雷（Herbert Asbury）的《舊金山外史》（*The Barbary Coast*, 1933），還算能透露出一百年前一些華工的慘痛遭受，已是不可多得之作。倘要找到更嚴肅、更生動、更深刻而全面分析性的專著，還是不可多得。

一般說來，中國人過去在這方面的著作，多是以濃厚的民族國家感情來紀錄經驗和見聞，對客觀事實與情勢的發展卻往往缺少詳細而冷靜的記載和分析，尤其是很少人全盤深入研究各所在國造成排華運動的經濟、政治、社會、文化和思想等背景和因素。這種感情作用自然是很可了解的。近代中國既然受到列強的欺凌，海外華

人又遭遇無理的歧視。這些都可以刺激起義憤和國恥感。所以許多作者都鼓勵海外華人團結奮發，甚至要他們回國；或者要求中國政府保護華僑；並且宣傳在國內發展工商業，改革政治、經濟和教育，以圖發憤自強。這些作者有時相信，如果排華的壞人不得勢了，如果中國本身富強了，中國政府有實力保護僑民了，海外華人便可免受那些無理的待遇。這種「自強」或「富國強兵」的思想，自然是十八九世紀以來帝國主義推行殖民地政策所引起的一種反應。

從「四海之內皆兄弟」發揮至「四海之外皆兄弟」

　　上述這種思想趨勢，若嚴格地說，也未嘗不是一種以敵人之道以禦敵的方式。本來，近半個世紀以來西洋各國之所以排擠外來移民，一部份還是由於民族國家主義過分病態發展成帝國主義的結果；加以世界人口問題日趨嚴重，因此國界種界也體現得更明顯。大家知道，在十九世紀末年，人們出國旅行，還不需經過像現在這種繁難的護照和簽證手續，也沒有像現在這種龐大的海關和移民局來嚴屬管制。到今天，幾乎各國都嚴格限制外來移民。人類在科學文明與物質生活提高之後，門戶之見似乎反愈來愈深了。排華運動發生的原因自然不止一端，最重要的如經濟政治權利的衝突，社會生活習慣和文化思想背景的不同，種族差異本身所引起的偏見，一般人「大魚吃小魚」的心理，以至於其他種種利害關係，都可推波助瀾，成為因素。可是我們要注意，由這些因素所助長的排擠外來移民的行為，仍往往要在狹隘的民族國家主義或「愛國」的藉口和屏障下來實現。

　　在目前這種「民族國」對立圖存的大趨勢下，中國本身必須自求富強以謀生存與平等待遇，這種主張自然還有它的現實性和正確

性。如果中國本身富強了，與別國的外交關係也改善了，海外華人自然也會受到許多好處。不過在原子能時代，實力均衡已成僵局之下，這後一點的有效性也許不免受到限制了。現在即使最富強的國家，也很難用實力保護或推行向外移民，何況目前國際強權對立，這使海外華人處境更加困難。一方面要活在國際政治鬥爭的夾縫裏，另一方面又要在各地方狹隘的民族主義排擠少數民族的壓迫下圖生存。試看印度尼西亞和馬來西亞的情形，便可想像了。這些海外華人不可能得到祖國有效的幫助；若只能獲得撤退回國一條路，試問中國本身人口問題已夠嚴重，怎能鼓勵海外華人永遠回歸呢？中國本身需要科學技術人才和知識分子，獎勵他們回國，甚至不妨提倡利用客卿，這還算非常合理。不過即使一部份人才流散在外，也不能說一無是處而大可悲哀。孔子就把「人弓人得」的理想看得比「楚弓楚得」還高尚。我們即使不說這種大道理，單就華人個人的成就來說，無論他住在甚麼地方，人們仍然會承認這是華人的成就。以色列國成立後，愛因斯坦不願回去當總統，我們仍然知道他是個優秀的猶太人，是人類一個偉大的科學家。中國人近來來流散在國外的不下幾百萬，大多數是知識分子。目前的是非暫且不計較，單就長遠的客觀歷史事實而論，這種中國人口突然向外大遷徙，已是空前的，非常重要的現象，是東西文明溝通史上不可忽視的發展。目前海外華人在困難環境之下，正要用這種歷史遠見來自處。這種看法，也許可以鼓勵每個人在自己的崗位上盡量向外發揮本能，作遠大的貢獻。

海外華人在本質上處境也非常特殊。他們往往是世界人口中一個最大集團移殖在其他人口集團中的少數人口。中國人口佔世界人口總數的四分之一，無疑的是個最大集團；但是海外華人，除了在香港和新加坡等地之外，卻都是少數人口。這前一因素，又正可以

加強這後一事實。中國本國人口，每年可能增加兩千萬，換句話說，每年可造出一個加拿大或兩個澳大利亞來，每年可造出世界的猶太人口來。這可能性真是太可驚人了！假如這種趨勢繼續下去，中國總不免要人口外流；即使竭力推行節育，即使各國限制移民，將來長期人口自然流動的結果，華人足跡，在地球上還是會分佈極廣。這就是說，正由於華人是世界上一個多數集團，便可能到處有他們成為少數集團。將來世界上華人組合成的少數人口集團之數，可能比任何其他人種組成的少數集團為多。這種局勢也許在目前還不太明顯，但這決不全是捕風捉影之談。

明白了上面這種情況，很可幫助了解海外華人所面臨的問題。首先我們要注意，凡是少數集團所受到的歧視和排擠，海外華人現在或將來都可能有機會遭遇到。華人在基本上應該主張減少移民限制，應該同情為少數集團爭取平等合理的待遇。可是他們與別的少數集團聯合的程度，以及為他們本身利益而掙扎的方式，都必須斟酌各地實際情況和可能性而定。不能希望建立幾條抽象原則來普遍應用與推行。其次，海外華人與其他少數移民集團一般，是世界文化交流的先鋒，因此對如何迅速選擇吸收別人的優點，如何保存發展自己的長處，以求最好的改進和創造，須具有敏銳感和不斷的努力。在這方面，他們適應環境的能力將得到最大的考驗。中國人在兩千多年以前就極力提倡「四海之內皆兄弟也」的精神，那時的所謂「四海之內」實際上是指全世界，今天的海外華人自然應該發揮這種傳統，應該說：「四海之外皆兄弟也」。今天的海外華人應該有做世界公民的勇氣、度量和本領。

世界各國對華人的態度，往往隨時代和政局的轉變而不同。有些國家的移民法在條文上給華人以平等待遇，固然已是一種進步；

但事實上華人所受的待遇是否已真正與所在國的公民或其他移民平等，當然還大成問題。海外華人在這方面恐怕還需要長期的，更積極的奮鬥。在這種奮鬥中，必須注意，排華運動固然常是種族主義的一種表現，但那背後的重要因素卻往往是政治的，經濟的，和社會文化的。應該從這些方面去求解決。華人反對種族主義，決不能跟着種族主義本身的口號和方式去反對；否則反而墮其術中，愈引起種族間的隔膜。頑固反動的種族主義者總會逐漸減少，在他們自己種族內也會變成少數，無法假借那整個種族的名義來歧視少數民族。因此少數民族的反抗運動，應該以孤立那些種族主義者於他們自己種族之外為首要策略。這樣做，也許需要一點世界主義的眼光。

海外華人面臨的困阨、挑戰和機會，可能會愈來愈多。沈已堯先生這書可說是一個先驅，將引起大家對這一重大問題作進一步研討。這樣一來，他這書的本身也就會更富於歷史意義了。

一九六九年十月二十五日，於美國威斯康辛大學

《胡適雜憶》序

原載唐德剛著：《胡適雜憶》，臺北：傳記文學出版社，一九七九年。

「我的朋友」唐德剛教授前些時告訴我，他在撰錄胡適之先生口述歷史之餘，打算自寫一篇「短序」。我聽了一心想到我們時常在紐約十八層高樓高談闊論，一談就不知東方之既白的往事，就不禁暗忖，等着看他這序會怎麼短法。果然在《傳記文學》裏見他下筆千里，把胡先生一生牽惹到了的無數問題與糾葛，幾乎無所不談，談無不痛快。我正在連續欣賞，大過其癮，還幸災樂禍；不料突然收到他的來信，說現在真是沒空，必須結束了，而劉紹唐先生急於要把他這已長達十餘萬言的「短序」出版成專書，他自己實在不能再為自己的「序」作序了，就只好來拉伕。這確實是晴天霹靂，使我不免有大禍臨頭之感。

管窺中國近代思想潮流

大家都知道，從前蔣方震先生寫了一冊《歐洲文藝復興史》，要梁啟超先生作序，任公序文一寫就是數萬言，與原書一般長，結果「頭」大不掉，不能印在書前，序文成了專書《清代學術概論》，獨立出版，反而要蔣方震來為這「序」寫了一序。這樣看來，德剛這「序」既然是胡先生的口述自傳招惹出來的，這「序」的序，本來應該請胡先生來寫才算合史例，才能了卻這件公案。但上海靈學會既已不存，那就只好讓牽着黃牛當馬騎罷。好在多年以前，我曾經對胡先生說過：「你以前曾對梁任公說：晚清今文學運動對思想界影響很大，梁先生既然曾經躬與其役，應該有所記述。後來任公便寫了《清代學術概論》那冊書。現在我要說，五四時期

的新文化、新思潮、新文學運動，對中國近代思想社會的影響，比今文學運動恐怕更大更深遠，你也是躬親其役的人，你也應該把這幾十年來的思想潮流，作一番全盤的、徹底的、有系統的敘述、檢討、和批判，寫一冊《五四時期思想學術概論》，才算適合大眾和時代的需要。」胡先生聽了直望了我一眼，笑着說：「你這話很對，現在一般人對這一時期的思想潮流，歪曲誤解的很多。我將來也許要寫些東西來澄清一下。不過你們年輕一代責任更大了，總結、檢討、批判還要你們來做。」後來他還要我代他找一些資料。不幸胡先生以後未能如願寫出這書來。現在德剛這篇「序」，也許可說正是胡先生心目中要年輕一代作出檢討批判的一部份。這樣說來，唐「序」便有點像我所提議的那種「概論」的引子，而我這篇「序」的序，也就不是毫無關係了。

美言而又可信的「藝增」

我想讀者都會同意，唐德剛教授在這裏把胡適寫得生龍活虎，但又不是公式般裝飾甚麼英雄超人。他筆下的胡適只是一個有血有肉，有智慧，有天才，也有錯誤和缺點的真實人物。這作法承襲了古今中外傳記文學的優良傳統。中國第一個最出色的傳記文學家司馬遷早就用好的例子教導了我們。他筆下的人物多是活的，立體的，可愛可佩的，可嘖可斥的，或可憐可笑的，但沒有使你打瞌睡的。在西洋，像鮑斯威爾的《強生博士傳》，主角也是活生生的，還在強生裏找得到鮑斯威爾。讀了德剛的胡適，你也可以和他握手寒暄，笑語談辯，不知夜之將盡，人之將老，也在胡適裏找得到唐德剛。

當然，我們不必要同意作者所說的一切。因為我知道，他所提

倡的，正是要大家各自去獨立思考，獨立判斷。他如能引起你多去想一想，那他的目的就已經達到一大半了。至於你作出甚麼結論，那只是你自己的事。不論如何，他和他的朋友們，原先是白馬社的也好，《海外論壇》月刊社的也好，至少包括我自己，大概都會拍手叫好的。

大凡文字寫得最美最生動的，最難同時得事理的平實，因為作者不能不有藝術的誇張。這在王充的《論衡》裏便叫做「藝增」。德剛行文如行雲流水，明珠走盤，直欲驅使鬼神，他有時也許會痛快淋漓到不能自拔。但我們不可因他這滔滔雄辯的「美言」，便誤以為「不信」。德剛有極大的真實度，我們最好在讀他所說某一點時，再看看他在另一個所在說了些甚麼，要看他如何從各種不同的角度，盡情極致、窮態極妍地描繪和辯論，如此，你才能更好地把握到他的真意。德剛的「藝增」運用在不同的角度，這是他最好的絕招和自解。

德剛不信神鬼，也不怕神鬼，所以他敢說自己要說的話。你看他能「批孔」，也能尊孔，更能尊、能批要隻手打倒或支持孔家店的好漢。不但如此，還敢尊、敢批「周公」！因此不論你同意不同意他，德剛這獨行俠的高風傲骨不能不令人欽佩。他能替胡先生打抱不平，多已在胡死後，這點已不容易。更難得的是，他既不掩飾事實，又能恕道處理胡先生的某些白璧微瑕。我個人已受益不淺，我在給他的信裏指出胡先生新詩某些文字上的缺失，不免誇大，這固然只是友朋間的閒談，但真有點像「詩律傷嚴近寡恩」了。在另一方面，我卻素來不曾認為五四時代是「時無英雄，遂使孺子成名」；相反的，我嘗說，五四時代產生的人才濟濟，比任何別的短時期可能都多些。德剛指出胡先生用「素斐」做他女兒的名字可能

是紀念陳衡哲女士，這點確已補充了我之不及；至於胡先生那首詩是否也意味着陳女士在內，我看不能無疑，如是這樣，他恐怕就更不合情理了。德剛對這點似乎有進一步「求證」的必要。

我在前面已說過，胡適之先生一生牽惹的問題與瓜葛已非常多，而德剛對他的娓娓描述和檢討，不能不更多面和更複雜。胡適已經是中國近代史上一個箭垛式人物，德剛現在真實地把他畫得多采多姿，人們也許更會把他當成活箭垛了。如果我這裏再提出一些與胡適有關的問題來討論，那這篇「短序」的短序可能也要變成專書，豈不又要德剛來替我寫序？想來想去，時不我與，這種序還是讓讀者諸君來寫了，這也正如胡先生所說的，要年輕的一代來檢討批判罷。我想這也正是唐德剛教授寫作的初意，我便帶着這個期望，把這津津有味的好書鄭重推薦給讀者。

一九七八年七月於美國威斯康辛陌地生之棄園

《香港學生運動回顧》序

原載香港專上學生聯合會編：《香港學生運動回顧》，香港：廣角鏡出版社，一九八三年一月。

香港專上學生聯合會諸君編印《香港學生運動回顧》一書，要我寫一篇序。我對香港的學生運動，原不敢說甚麼；不過多年來我對中國和世界的知識青年和學生運動與思潮，都頗曾留意，意見本也不少；再方面，近十五年來我曾多次到過香港，和教育界、輿論界、知識分子，自然也有不少接觸；因此，願就中國學生運動這一普通問題，發抒一點個人的觀感，以就正於讀者。

自第二次世界大戰結束以後，學生運動在各國時見興起，尤其是六十年代以後，在歐、美、日本等地，都發生過幾次高潮，於是對學生運動史實的檢討、批評、和理論，也就紛紛而起。本書緒論和評論部份，已有所介紹和論述，我在這裏用不着再來細說了。

學生運動興起的原因

一般而論，學生運動的興起，就我看來，主要原因是社會問題增加和增劇而積久未得合理解決，以及青年知識分子對周遭環境，社會前途，和多數人的切身利害日益關心。如果一個社會裏的重要問題都給成年人在正常的程序下解決了，或不斷在求解決，大規模的學生運動是發動不起來的，就算區域性的學生運動，大部份也必有其外在的起因和根源，決非偶然。如果許多知識青年都不關心大眾的事，大規模的學生運動也是發動不起來的，就算一個學校內的風潮，也是如此。世之論學生運動者，以及社會上求學生運動之解決者，若忽略了這兩個要素，我看那就會失之千里了。

　　近些年西洋有好些研究學生運動的人用「代溝」來替學運作解釋，我在二十多年前，也曾提到「五四」時代改革派和保守派年齡的差異，但我也同時指出過他們所受教育內容的不同，以至於家庭、社會、政治、經濟，文化背景和關係的區別，使年輕的一代看法可能與上一代不全相合。通常的代溝本來在任何時代和環境下都存在，所以不能單憑年齡差別這點來解釋特定的學生運動，不過代溝仍然不失為一個重要因素。

　　自然，學生運動有它的優點和缺點，貢獻和流弊。反對學運的人常常指出：青年學生知識尚未成熟，在學校的時間有限，經驗不足，往往把問題看得過於簡單，黑白分明；尤其是情緒不安定，而學生運動本質上原是一種群眾運動，最易受群眾心理和熱情所左右，走向狂熱與極端；外在的勢力也可能加入操縱，因而使原來的學運變質。

　　但對學運辯護支持的人卻可以說：青年學生比較純潔，尚未被社會上、政治上腐化惡劣的風氣所沾染，未受實際上人事或金錢與利害關係的影響，對問題反而看得更清楚明白；因此更有勇氣和熱忱來辨明是非與善惡，促成改進，矯正流弊；事實上，成年人在學校外的活動或運動，往往更易流為偏激，更易受人操縱。

　　平情而論，上面所提到的長處和流弊，都可能合於事實，都可能在中外歷史裏找到實例。取長捨短，青年學生和教育界都應該採為借鏡。可是，消極地禁止學生運動卻是不應該，也不會有良好結果，甚至是不大可能的。

學生運動對社會的影響

在中國社會和文化傳統中，學生運動更是突出，在歷史上也更重要。這牽涉到「士」的傳統地位與特質問題。傳統中國的士與西洋一般知識分子不全同，士比較更關切大眾事務或國是，也比較有一種使命感。這不失為一種優點。現代中國知識分子雖然已逐漸成為類似西洋的專家和職業人士，但總不能完全脫離傳統中國「士」的特質，青年學生尤其如此。這種關心大眾事務和使命感的特徵，使近代中國或華人地區的學生運動特別活躍蓬勃。再方面，中國本土和許多華人聚居之處，普及的民主制度往往尚未建立實施，大眾事務處理得不合理時，不免要靠學生來抗議才可改進。尤其是當政治權力長期操縱於少數人手中時，只有青年學生才能勇於揭發和反抗。這種現象一時還不會改變，學生運動在中國人的社會裏也就會繼續發揚光大，有時會達到高潮，促成重大的變革。在西洋，許多國家裏工會、教會、和其他職業集團非常發達，反對黨也往往很活躍，這樣就減輕了學生干預政治和大眾事務的需要，中國社會裏那些社團相對地微弱，並且入學而有高等或中等知識的人口也比較少，這就使學生的地位更重要，使學生運動能產生更大的效果，更深遠的影響。

中國學生運動既然有這種特殊地位，和長遠的歷史淵源，我們便也要特別重視它，檢討過去，策勉未來，其間最重要的一點，我以為是，大家應竭力發揚明智的、切合實際的理想主義和熱忱，而以保障每個人的基本人權，促進民主自由，和維護社會公平正義為標的。

學生進學校，首要的任務自然是求學。但求學也仍然要關切做

人，要關切大眾的利害。這中間如何平衡，如何抉擇，須看實際情況而定。而前事不忘，後事之師，現在香港學生聯合會能編印這冊《香港學生運動回顧》，我相信這對每個學生和教育者都會有幫助，也對未來的中國與世其他各地的學生運動，和青年知識分子，都可提供一種借鏡，並且會是一種很有意義的史料。因此我很高興來寫這一篇序，希望引起讀者認識這書的價值，認識學生運動的世界重要性，尤其對中國和華人社會的特殊重要性。

一圖勝萬言──羅智成編譯：《西風殘照故中國》序

原載羅智成編譯：《西風殘照故中國》，臺北：時報文化事業出版有限公司，一九八四。

有甚麼辦法來重遊故國呢？

小時候，不顧母親的輕責，在灰暗無燈的黃昏裏堅撐着看繡像小說，看那破舊黃紙上印着一列崢嶸樓閣，倚山而立，遠遠的曠野裏隱隱約約露出蜿蜒的城牆，好像塵土飛揚，那兒是曾經不平靜過。山崖後側，轉出一隊兵馬，明刀晃晃，追趕而來，前面一輛珠簾飄拂的翠輦，載着個古裝美人，倉皇逃過石橋來，橋頭立人馬橫矛，頭戴鋼盔，身穿鎧甲，黑臉虎鬚的張飛，圓睜環眼，大吼一聲，真是喝斷了長坂水倒流。那時小心眼裏想：這景象真有趣，只可惜我們鎮上的關岳廟雖然也夠帥了，卻找不到遠遠的城樓，更不消說古式的車輛了。

後來上了學，讀書稍多了，歷史上發生過無數有名戰爭和故事的地方，像虎牢、成皋、滎陽、赤壁、長安、洛陽、瞿塘峽、白帝城、函谷關、山海關等等，在書上一見到這些名字就令人神往，總夢想有一天得身歷其地，遊覽登臨一番。就算不能親到，如有圖畫照片，躺在椅上牀上「臥遊」一陣，想來仍然不失為一種賞心樂事。

可是等我再長大一點後，雖然親訪好些名勝古蹟，卻發現那些已是面目非舊了。原該蘭杜芬芳的湘水，已給汽輪用烏煙攪得黑濛濛一片；黃鶴樓連樓本身也「一去不復返」了；秦淮河只剩下一溝死水；燕京城闕也已斑剝殘廢。總之，就算找到一些圖畫照片，也

早已是後來所照出來的，是改頭換面過後的相貌。

至於人物衣冠，經過滿清三百年統治，那就只有到京戲裏去偶然瞻仰一下早已走了樣的漢官儀了。然而更令人茫然的倒還不是這種正格的漢唐風貌，因為就算在戲臺上沒見到，也還可以在舊小說的繡像裏看到一些束髮嵌寶紫金冠，或甚麼七鑲七滾的百蝶穿花宮緞襖，水紅胡縐細腰百褶裙之類。倒是離得也不算太遙遠的我們高曾祖和祖父母時代的日常服飾，反而對我們更模糊沒有影子。我們原是生活在革命破壞的時代，人們不作興保存舊樣。唉！古老的中國真是一去不復返了。有甚麼辦法來重遊故國呢？

四十年代末期我到了美國，常常喜歡去大圖書館和舊書店東翻西閱，在林林總總有關中國的書裏，使我最感興趣的倒不是甚麼高文典冊，而是十九世紀下半期和二十世紀初年，也就是滿清末期西洋人的中國遊記中附印的許多照片。那些作者的看法有時隔靴搔癢，不免可笑，有時是自我中心，誤會重重，且不必去管它；但那些附插的許多圖片倒千真萬確，一點也沒有撒謊。在我們的國故事中，不常見到。小時候，我伯叔和堂哥哥們時常給我千言萬語描述我們祖父母、曾祖父母生活過來的環境狀貌，那時不但不能像霧裏「看」花，簡直只能算霧裏「想」花，濛濛糊糊，猜不出廬山真面目；如今一看到照片才恍然大悟，原來如此！

於是我就零星收集起這種資料來了，打算以後編印一套十九世紀下半期到二十世紀初年，即清末民初的中國風貌。五十年代中葉還和哈佛大學一位美國同事──著名的中國專家──談起這事，提議趕快把這些照片收集出版，作為近代中國活生生的史料。可是他認為那些照片素質太差，印出來不會太清楚美觀。我的看法卻是：

正因為如此，若再不趕快複印，將來原件隨時間而消蝕，就更找不到
這種無法再得的遺蹟舊痕了。他雖然沒有給我完全說服，但到底很重
視早期中國人對西洋人物的具體印象和看法。於是我們商定合作，先
從《點石齋畫報》裏由我選出一些對西洋人印象和反映當時風習的畫
片翻印，把原來的中文說明譯成英文，由他再加解釋。這樣我選了好
幾十張，陸續翻譯了起來。不料不久之後，我就給一些意外事件耽
擱，又因搬到威斯康辛大學任教，我們合作的計劃就中斷了。他後來
在七十年代初還用我那一部份資料再加些別的成分，寫成專文發表在
哈佛大學的一個刊物上，並收進了一部書裏。這雖然只是舊中國風貌
的一鱗半爪，可是我見了仍不免像時裝設計師和縫衣匠見到新娘穿着
自己心血剪裁過一部份的嫁裝，心裏暗地有幾分欣慰。

這次羅智成翻譯柏希曼拍攝翁萬戈校譯的《西風殘照故中國》
和其他的類似影集，要我寫序文，讀者諸君如了解我這三四十年來
對這種資料心嚮往之和提倡的熱忱與渴望，一定能想像到我對他這
個企圖是多麼歡欣鼓舞，不在話下了。

其實西洋人在十九世紀四十年代、五十年代、和七十年代早就
出版過一些圖畫和照片集來描寫中華風景和人物，只是未曾引起大
眾普遍的注意。一直要到一九七八年才有好些美國出版公司突然表
現翻印這種圖片集的熱忱，一年就出版了兩三種。這已是我在哈佛
提議時二十多年以後的事了。

One Picture is worth a thusand words

說起來我們現代中國人不免要慚愧，我們的祖先很早就注意到
圖畫說明事物的便利和重要性。英、美很久就流行一句說是中國的

諺語：One Picture is worth a thousand words。有時也作 One Picture is worth more than thousand words。可是多年來我找不到這句話的中文原文和出處。我曾追溯到《南史》卷六十七〈蕭摩訶傳〉和《資治通鑑》梁太平元年（公元五五六年）侯安都對他的部將蕭摩訶說的：「卿驍勇有名，千聞不如一見。」而更早的《漢書》卷六十九〈趙充國傳〉也記載：神爵元年（公元前六十一年）漢宣帝問趙伐西羌應該帶多少兵，充國答道：「百聞不如一見。兵難隃（讀曰遙）度，臣願馳至金城，圖上方略。」若再追溯到更早一點，便有劉向（前七十七至六）所編《說苑》〈政理篇〉引戰國時魏文侯（前四二四至三八七在位）說：「耳聞之，不如目見之。」可是這些都未曾說到圖畫。不過無論如何，西洋流行的那句中國諺語，也許有點古老的根源。我以前只好把它翻譯回來作「一圖值千言」或「一圖勝萬言」或「千言萬語，當不得一幅畫」。這樣做，也許有點像把找不到娘家的蔡文姬贖歸漢室罷。

西洋人可能稍為晚一點也有過類似的看法。屠格涅夫（一八一八至一八八三）於一八六二年在《父與子》小說裏說過：「一幅畫能夠立刻呈現出來的，一本書要用百來頁才能做到。」美國一位著名專欄作家馬克‧沙利文（Mark Sullivan, 1874-1952）於一九〇〇年左右在《我們的時代》一書裏也說：「一幅畫比一頁書說得還多些。」但這些都比不上中國諺語那麼簡短有力。

我們現在看一看羅智成翻譯的這些照片集，無疑地都會同意「一圖勝萬言」的說法。也更使我們不免愧對我們祖先的遠見。

然而我們覺得最慚愧的，還不僅是我們現代中國人未能儘早利用圖片來保存和表彰真實的中華風貌，未能繼承發揚祖先的壁畫、

帛繪、版畫，以至於顧愷之、展子虔、和《清明上河圖》寫真的傳統；而是覺得許多不肖子孫，在這說是文明進步的現代，反把中國的歷史風景、衣冠文物，大規模地明當正道加以破壞和毀滅。像原書校譯者幾年前回國把照片和實地對比，所能找到的原物已是不多。而就我見聞所及，那殘損的狀況更是不堪說，不忍說。看看世界各國，愈是最能現代化的，愈知道珍惜保存自己甚至別人的歷史古蹟和文物；倒是最落後，離現代化最遙遠的國家，最任意糟蹋遺蹟和古物。想一想罷，為甚麼別的社會不容許這種事發生？

本來，誰也知道，時間是永久不等人的。無論甚麼名山大川，巍峨宮殿，錦繡衣冠，或風流人物，總歸要浪淘風化乾淨。而在我們父親和祖父輩及以前這個時代，正當滿清「末世」西風殘照，中國已不能與漢、唐盛世相比。所以我們看到這些早期的照相，應該連康熙、乾隆時代的繁華都已十九不存了。便是那少數彷彿具有昔日規模的宮殿廟宇，也不免徒然提醒我們：「原來姹紫嫣紅開遍，似這般都付與斷井頹垣，良辰美景奈何天，賞心樂事誰家院？」而且特別是在此時此地來看這些舊時風物，復想到這些年來的大破壞便使人於物換星移，無可奈何之感以外，更添上無限的愁憾。正所謂：「膠黏日月無長策，酒酹荼蘼有近憂。」

不過，時間之水雖然在不斷地流，唯有照相和圖畫總算還能「抽刀斷水」，還能叫人有「逝者如斯，而未嘗往也；盈虛者如彼，而卒莫消長也」那種持續感和永恆感。我們固然已沒法子再回到童年時代，可是這些圖片，總算像張飛「喝斷了長坂水倒流」，使我們能飲到幾滴歷史的源泉，這無疑是非常難能可貴了。

羅智成以哲理詩人的敏感，曾寫有一句名詩：「不要急，中國

的古代才開始。」其實我嘗覺得，中國的古代史和近代史，以至於
一切古代史和近代史，永遠在等待我們去開始。智成翻譯這些中國
古舊圖片集，也許可說是他的中國古代史、近代史開始的開始。讓
我們用圖片、筆墨、和情采來不斷創造我們的古代史和近代史吧！

一九八四年七月七日，一個特殊日子，

在美國威斯辛陌地生之棄園。

五四思潮得失論——張忠棟著《胡適五論》序

原載張忠棟著：《胡適五論》，臺北：允晨出版社，一九八七年五月。

在中國近代史的幾件主要事故中，發生最深遠而廣泛的影響，而又引起最熱烈的爭論的，我看沒有一件能超過「五四運動」。與這一事件和這一時期思潮發生過關係的知識分子和政治領導人物，也無比的多，像戊戌維新、辛亥革命、對日抗戰、和中共得勢，都各有它們重大的意義和影響，但那些事件的性質各不相同，就長遠的，思想和文化方面的意義和影響來說，尤其是就與知識分子的密切關係來說，我還是認為「五四」的重要性是無可倫比的。所以每一談到當代中國的一些最重要的知識分子，像蔡元培、胡適、魯迅、陳獨秀等人，就不能不提到五四運動，至少五四時期的思潮。

五四是一種崇尚自由競爭的精神

五四時期的思潮，主要口號，如大家所知道的，是民主和科學，即所謂德謨克拉西先生和賽因斯先生。當然，這只能說是個口號，是一種熱情的提倡和推進，在當時短短十來年內，說要能做到多少，完成多少，自然也不能完全超越客觀條件而有所奢望和苛求。可是那目標的大體正確性，和青年知識分子對文化、文學、思想、社會、政治等各方面改革的熱忱，無疑是值得十分敬佩的。

所以如要檢討五四時期思潮的得失和影響，還不能只就那十來年在科學和民主方面究竟已做到了多少，完成了多少，甚至也不能只在這兩方面的具體內容來檢討，而要看到那些思潮的背後，還有沒有一種值得萬分重視的基本精神或無形的基本觀點。

　　我認為五四思潮的一個基本精神和觀點，是一種廣義的崇尚自由競爭的精神和觀點，是受到過中外「激烈的自由主義」的影響而發展出來的精神。多年前我就說過，在中國歷史上真能做到思想自由競賽，百家爭鳴的，只有兩個時代，一個是兩千多年前的戰國時代，一個就是五四時期，而五四時期的自由爭鳴，範圍更廣，挖掘和擴展得也更深遠。在這方面，胡適自然是個挺特出的代表人物，其他像蔡元培、梁啟超、魯迅、陳獨秀、周作人、劉半農、錢玄同等，都各有特殊的貢獻，還有《新青年》、《新潮》等刊物後面的那許多知識青年，都可說是這個自由大洪潮的巨浪和浪花。

　　如果說，在短短的十年裏，五四人物對科學，對民主，對哲學思想，對政治制度和理論，對歷史和學說，對文學創作和理論等，還不夠有博大精深或具體的成就的話，那也是不足詬病的。這一大批新知識分子當時所發揮出來的那種真正百家爭鳴的風氣和精神，不但在中國歷史上將千古不磨，而其對現代中國的衝擊，對未來中國的啟發，一定是無可比擬的。

　　這個在思想上自由爭鳴的精神，我為甚麼說是五四思潮最基本最主要的特徵和貢獻呢？其實這個道理說來也很簡單明白，正如穆勒在《自由論》一書裏說的：思想言論自由是最基本的自由。中國人如要達到自由民主的境地，首先就要爭取到思想言論自由。五四時期介紹了西洋各種各樣的思想學說，批判了許多傳統觀念，開闢了思想界的自由市場。這不簡單，這貢獻豈可輕易忽視！

　　五四人物中，蔡元培、胡適、陳獨秀、魯迅等之所以最值得我們懷念，正是由於他們體現了爭取思想言論自由的精神。陳獨秀後來誤走了一大段路程，到去世前才大部份覺悟，魯迅也因環境的逼

誘，後來愈走愈偏激，但最後還是要爭取自己獨立的判斷，只是對敵人壓力好反抗，對徒眾的奉承牽引卻不易擺脫。但是這些人仍無疑的都表現了五四時期爭自由的基本精神。適之先生有一次親口對我說：「魯迅是我們的人。魯迅基本上是個自由主義者。」當時我們曾對魯迅有過進一步仔細的分析，都覺得他在左聯成立前後，受過一些壓迫和誘惑的影響，但無論如何，他還在爭取自由和獨立思考。其實，這也就在繼承五四時代爭自由的基本精神。

五四時代思想言論自由蓬勃的現象，幾年後由於中國政治軍事，局面的演變，就逐漸消沉了。許多五四時代人物，對這種發展也不能不負有一部份責任。我在《五四運動史》裏，也曾簡略地指出過當時自由民主主義者的一些缺失。例如，那個時候大家都知道，中國農村社會問題嚴重，經濟落後，平民貧困，自由主義者卻未能深入調查了解，提出並推行解救的辦法。當時他們所能獨立掌握的言論機構極少，多已被軍閥和政黨集團所壟斷。當然，中產階級還不發達。於是許多知識分子很快就給革命政黨或舊勢力拉去了。

然而二十年代中期以後這種沉淪，也仍然淹沒不了五四思潮的深遠影響，所以以後多次青年知識分子都曾在危機時刻，受五四精神的感召，起來作嚴肅的要求和抗議。五四給知識青年埋藏有火種，每次向歷史的灰裏一掏，就放出燦爛奪目的火花來了。

走上歧路的原因

五四時期的知識分子雖然在當時共同努力造成了那個百家爭鳴的局面，卻也有許多人並未清楚瞭解到這種自由競賽的重要性，也

未能盡力造成一種可靠的法制來保障這種自由。當然，當時中國大多數人太窮，教育程度不夠，沒有強大的中產階級，沒有多元的社會組織，也就支持不了足夠的獨立言論機構。即使有覺悟的知識分子也無法促成對自由競賽的保障。不過他們在認識上自然也有短缺之處，就是對民主政治在制度上有許多必需的基礎保障往往還認識不清，所以像陳獨秀要到晚年才能省悟到司法獨立、自由選舉，權力制衡等民主制度的重要性。那些優秀的知識分子幾乎很少沒有走過「歧路」的，走上歧路的原因很多，其中最重要的，除了上面所說的之外，還有兩個特殊環境，一個是中國內在的缺點，包括有過去長期專制的歷史包袱，和當時政治的黑暗。另一個則是列強的侵略，使舉國造成一種國恥感。為了應付這種急迫的危機，不免使人想操捷徑。凡此種種歷史的，當下的，內在的，外在的特殊因素，都可逼迫人們急不暇擇，想找到一劑速效萬靈藥，一套全盤解決的方略。近代中國知識分子，也往往由於這許多原因，去扮演了悲劇的角色。

可是五四思潮的衝擊，到底是深刻而難於完全磨滅的，受過當時自由思潮洗禮的人，往往還有許多在萬分橫逆的境遇下堅貞不變。這些人後來在他們一生中怎樣奮鬥掙扎，怎樣對付從左右兩方來的壓迫，而做出他們的努力和犧牲，若好好紀錄下來，一定是篇非常悲壯動人的史詩。

去年美國加州大學出版了薇娜‧史華慈（Vera Schwartcz）教授的新著《中國的啟蒙運動：一九一九年五四運動的遺產和知識分子》，她花了許多時間訪問了大陸和臺灣的五四時期知識分子，紀錄分析了他們這六十多年來的遭遇和掙扎。從這裏也可看出五四思潮對中國知識分子終生的深刻影響。同時也可發現，那些知識分子

也有不少人還不曾徹底明瞭，五四的真精神在於能有那自由競賽，百家爭鳴的局面，在於能尊重思想言論自由。當時未能切實完成的，乃是沒有建立而且推行一種能切實保障這種基本自由的政治法律制度。這其間的關鍵問題之一，是當時中國沒有創建好幾個，至少兩個真正的民主政黨。從二十年代中期開始，蘇聯列寧、史大林主義式的革命政黨組織移殖到了中國，在這種制度和運作方式下，不可能保障思想言論自由，也不能真正防止濫用自由。大家都知道，五四運動本是對不自由，不民主的一種抗議，由於這種抗議精神的爆發，發展出了自由競賽的局面。有了這種局面，就應該建立一種能保障這局面的制度，然而當時中國採取了武力革命的方式，蘇化的政黨成為主要勢力，造成真正民主政治的難產。於是有人就來責備五四思潮，從右的方面說，說它那懷疑的精神，偶像破壞的作風，是一種全盤否定論，因此對中國傳統過度破壞，才使得反自由、反民主的勢力抬頭。從左的方面說，說它中間有人過於受了資本主義自由思想的影響，削弱了反帝國主義的力量。其實呢，這種左右夾攻都忽略了五四對思想言論自由精神的貢獻，也忽略了像蔡元培、胡適這種知識分子對自由民主的提倡，對建設新文化的努力。而這才正是五四思潮中最值得我們體認的。

張忠棟教授對胡適的研究，在這方面正可提供我們參考，他用平實冷靜客觀的態度，來敍述分析胡適一生爭取自由民主的經過，正合於中國目前的需要。希望大家，尤其是知識分子和政治工作者，從他的研究中吸取智慧和教訓來。

——一九八七年四月三十日於陌地生

為《中國的脊樑》作序

原載香港：《百姓》第二二三期，一九九○年九月一日。

歷史上有些人，往往因為一件意想不到事，變得千古知名，甚至掩沒了他們一生別的重要言行。記得我小的時候剛發蒙，學着高聲朗誦「四字經」、《龍文鞭影》，就一直記住了「朱雲折檻」和「直筆董狐」幾個句子。朱雲於漢成帝時，當着滿朝文武，斥責所有的大臣都不替老百姓謀利益，都「尸位素餐」，就是佔住權位白吃，因此請求皇帝賜他「尚方斬馬劍」，砍掉大臣一人之頭，以儆其餘。皇帝問他要砍誰，他說，就是原任丞相，又是皇帝的老師張禹。皇帝聽了大怒，立刻叫人把他拉去處死。朱雲攀住殿上的欄杆不放，大叫大鬧，把欄杆都折斷了。這時左將軍辛慶忌急忙免冠解印綬，叩頭流血，以死力爭，才得把朱雲的性命救了。後來皇帝只好留着欄杆不修理，作為直諫的榜樣。朱雲折檻成了歷史上有名的事件。其實他兼長文武，好倜儻大節，任俠敢言，並且深通《易經》和《論語》，教授名徒，一生多采多姿，有聲有色。《漢書》本傳，記載得不少。可是折檻一事，過於著名，反把他別的言行掩蓋過了，沒受多人注意。至於董狐那件事，則是春秋時代，晉國的趙穿殺了晉靈公，史家董狐不畏權勢，秉筆直書：「趙盾弒其君。」趙盾見了不服，說弒君是他堂弟趙穿，怎麼說是他。可是董狐堅持說：「你是宰相，又在國內，卻不去追究你堂弟弒君之罪，責任當然全在你了。」孔子聽到這事，就說董狐是「古之良史也，書法不隱。」其實董狐既然是良好的史官，應該還有些歷史著作，卻不見一字流傳，只留下了這千古不磨的五個字。這種事，表面看來，好像歷史有點不大理智，可是仔細一想，這兩件事倒也真有畫龍點睛之妙，一下就突出了這兩人的高峻人格，比別的長篇紀錄也

許來得更為有力和有效。

一生中最發光的一刹那

　　《百姓》要我替他們出版的《梁漱溟先生紀念文集》寫序，我為甚麼一開始就想起我在小孩時記住的兩件史事呢？因為我認為，梁漱溟先生一生研究、教學、論政，自然有許多成就，可是像董狐、朱雲一般，他一生中也可能有最發光、最發電的一刹那，那就是一九五三年九月發生在北京中南海的一幕活劇。梁漱溟當時在政協擴大會議席上說，如今城市工人生活在「九天之上」，鄉村農民生活在「九地之下」，有「九天九地」之別，政府應更注重改進農民的生活。不料這樣的話就引起毛澤東和其他中共領導人的強烈反感，污衊梁有意破壞工農聯盟，反對「過渡時期的總路線」。後來梁漱溟一再要求在會上公開答覆，要考驗毛澤東和中共的「雅量」。他和毛澤東最尖銳的公開衝突，大約發生在九月十七和十八日兩天。本書收入有署名戴晴和鄭直淑寫的〈毛澤東與梁漱溟〉一文，對這事記載頗詳。據我所知，此文實是擔任政協秘書多年的汪東林所寫，因不敢用真名發表，改用「鄭直淑」，取「正直述」之的意思，戴晴敢於出名，所以聯名發表。所記可能曾經梁漱溟過目，應該大致準確。不過大家知道，一九五七年周鯨文寫的《風暴十年》內有「梁漱溟事件」一節，他是張學良東北系統的人，曾任民盟中央常委兼秘書長，並任國務院政法委員會委員，自一九四九年春從香港隨民盟總部到北京，至一九五六年底去香港，在北京住了八年。他和梁漱溟關係很好。他把梁在政協會上的講話和他與毛的衝突都記在一次，地點是在懷仁堂。這當然有可能把政協會中的情形和政協委員會的混在一起了。不過他所記毛澤東插嘴那次的情形卻是這樣的：梁漱溟替農民說話時，毛在主席臺上已面有不悅之

色，嘴裏不斷的咕嚷，臺下也聽不清他說的是甚麼。接着又有別人發了言，會議隨即休息。待繼續開會，周恩來主席，即說方才梁漱溟的話是有陰謀的，想破壞工農聯盟，意思很壞。隨後統戰部長李維漢對梁更大加攻擊，弄得會場已不平靜。梁便遞了個紙條給毛澤東要求十分鐘的再發言，得到允許。在眾目集視之下，他又鎮靜地走上了發言臺，開口就說：「我的發言，一則是考驗我自己，一則是考驗共產黨的雅量。」還未說到幾句話，毛澤東在主席臺上就忍不住了，把桌上的擴音器移到自己面前，大叫道：「你覺得自己很美，比西施、楊貴妃還美，我看你臭得很！」梁漱溟愕然，無法說下去了，會場空氣緊張了起來。毛又指着梁說：「臺灣廣播說你有氣節，有硬骨頭；我看你有臭氣，有臭骨頭！」梁漱溟站在發言臺上如聽到不及掩耳的迅雷，不知甚麼風把毛惹得這樣雷霆大怒，但還想繼續他的發言。這時臺下卻怒吼了！「反動分子滾下臺來！」「反革命分子滾出去！」「打死反革命分子！」呼號之聲由少數人變為多數人，由單純的聲變為大眾的聲。聲音由民主黨派的席位捲到共產黨的席位。在臺下呼號的怪叫聲中，梁漱溟只好拖着沉重的步伐走下發言臺。這時局面很僵，十九路軍老將陳銘樞便走上主席臺，向毛鞠個躬，說：「請問主席，梁漱溟今天的事，是思想問題，還是政治問題？」毛在盛怒之下沉思了半天才回答說：「是思想問題。」陳銘樞說：「若是思想問題，我想發言說幾句話。」他得到了允許，一方面批判了梁漱溟，另一方面卻說：「既是思想問題，而不是政治問題，大家似乎不須有今天這樣騷動的場面。」周鯨文說，若是政治問題，罪名就大得多，陳算是給毛公開將了一軍，梁的事件才無法弄得太嚴重。上面這段記載，我曾問過幾位親見親聞者，都說相當真實。我只參考所聞所知，斟酌改正了幾個字。大家應該想到，周鯨文固然有過甚其辭的可能，又因當時在香港手頭無文件紀錄，對時間地點也可能記得不準確；但他有許多事

是目擊者，事隔只有三四年，印象還新，並且他身居海外，對中共已無所畏懼，說的可能沒甚麼顧慮和掩飾。後來大陸作者的一些記載，有些已事隔多年，回憶既已模糊，又往往有不敢直言和許多顧慮之處，有些人甚至還要替自己「護前」，或替中共推脫。即使是當事人梁漱溟自己，對當時事不見得有旁觀者清，也不見得多年後全能記住，他又不免有儒者的謙虛，有時君子可欺以其方，或者也受自己思想和個性的局限。因此種種關係，我想上面所記的這一段梁毛衝突情景，更有近真之遞。無論如何，這一事件倒真有點像董狐直筆、朱雲折檻，畫龍點睛般，一剎那間就突出了梁漱溟的嶙峋風骨，可能會掩蓋他一生許多別的成就。我曾於一九五九年以前就說過：「梁漱溟是第一個在理論上有系統地捍衛儒家思想和中國傳統的人。」這當然自有其歷史上的意義；不過對他的許多看法，我們有同意，也原不必都同意；可是中南海或懷仁堂的梁毛事件，卻肯定是他一生光輝的焦點，會使人於千載之下，永遠也不忘記。

說到梁漱溟的這種忠於自己獨立思考和敢於抗爭的人格，便使我記起一九八七年十月三十一日中國文化書院在北京香山召開「梁漱溟思想國際學術討論會」，我應邀出席，提出了「體系與點滴：論新文化建設和梁漱溟的獨立思考」一文，由於那是慶祝梁先生辦學研究七十週年和他九十五歲（中國算法）壽辰，所以我在文末集了《孟子》〈滕文公下〉的句子作上聯，《禮記》〈中庸〉第二十章引孔子語作下聯，作成一幅對聯為賀。後來在梁家我並當面寫成條幅送給他，他也寫贈了一幅給我，他寫的是：「相交期久敬，志道毋遠求。」下聯應該有求諸己，求諸心之意。我贈他的聯語是：

　　富貴不能淫，貧賤不能移，威武不能屈；
　　好學近乎智，力行近乎仁，知恥近乎勇。

當時在開幕典禮中，周谷城先生見了，就在旁邊批了四個字：「絕妙好對」。其實這兩句太有名的話，前人也可能早已來集對，不過我至少用到梁漱溟身上，倒真是首創，也最為恰當，近代恐怕很少有人能當得起罷！

維持獨立的人格

梁漱溟在中共統治下，一直維持自己獨立的人格，並且堅持反對馬列主義的階級鬥爭理論與作風，居然還沒有坐牢被迫害死，這真是件奇蹟。我想這有許多因素。例如：毛澤東可能認為梁漱溟思想在知識青年中並不普遍了解流行，像胡適、胡風可就不同了。假如魯迅還活着，那更會容納不了，這點胡適之先生有一次也還和我提到過。其次，梁漱溟在中共佔據大陸後，早已無意於任何組織行動，中共送他到各地去參觀考察，他也只不過指出一些各地政策實施的利弊，替老百姓訴些苦。不像羅隆基、章伯鈞之流有團體組織做後臺，他不可能對中共有甚麼實際的危害。不過四十多年來，中國原有千千萬萬像上面這種不起實際危害的人，依然被迫害而死了，所以這兩個因素似乎還不能構成必然的免疫功能。最重要的，也許還有私人關係。梁漱溟原名煥鼎，他有個族兄梁煥奎，比他大二十五六歲左右，一家早就從桂林移居湖南湘潭，是毛澤東的小同鄉。煥奎自一八九九年起在湖南興辦銻礦公司，以後二十年間，兄弟五人把湖南的華昌煉礦公司擴展迅速，第一次世界大戰期間歐美各國需要銻製軍火，向中國爭購，一九一六年華昌獲純利達一百二十萬銀元，次年銻產量達八千二百噸，成為全國最大的銻礦公司。一九一八年大戰結束後立即衰退，到一九二七年才破產倒閉。梁煥奎又是毛澤東的老師兼岳丈楊昌濟（懷中）的恩師。楊昌濟曾於五四前後和梁漱溟同時在北京大學哲學系任教，一九一八年

梁煥奎到北京暫住於崇文門外纓子胡同梁漱溟家中時，楊昌濟時常到梁家拜望他的老師梁煥奎，當然和同事梁漱溟也多有往來，而那時毛澤東又正借住在鼓樓豆腐池胡同楊昌濟家中。所以毛年輕時代早就知道了梁漱溟。由於這種關係，在一九三八年一月梁氏初訪延安時，雖和毛日夜爭辯中國問題，格格不入，但毛對梁總還懷有不少敬意。

「應聲蟲」與「雷丸」

中國近代史上，不屈服於黨政軍威權之下，不隨聲附和，不屈志，不辱身的人真是鳳毛麟角，不可多得。所以梁漱溟成為既難能，又可貴的稀罕例子。想起他，足以廉頑立懦。自唐、宋以來，中國就有個故事普遍流傳，說有人患了個怪病，每次聽到人說話，他腹內就有同樣的聲音回應，久了回聲愈來愈大，不勝其煩。有個道士見了就告訴他說，他肚子裏是有個「應聲蟲」，應該朗讀《本草》書中所有的藥名，讀到某藥腹中不應時，就可用那藥去醫治。他果然照讀，讀到「雷丸」時，蟲不回聲，他馬上服了數丸，病就好了。這故事見於唐‧張鷟《朝野僉載》，不過此書時有附益，有些本子不載。宋朝范正敏的《遯齋閒覽》、龐元英的《文昌雜錄》、和洪邁的《夷堅志》等，都有大同小異的記述。這事雖然荒誕不經，可是據我看來，也許不是全無因由，「雷丸」乃是竹根上所寄生的菌類，大小如栗，作瀉藥用，的確可殺腹中蟲，解毒，治癲癇狂走，故事可能是從這藥性附會而起（「雷」字古文作回應的「回」）；再說，小兒腹中的蟲本來就叫做「蛔蟲」，也許因這名稱由「回應」一詞聯想便造出「應聲蟲」的故事來，或者相反地，因故事而取了這「蛔蟲」之名也說不定。總之，正如明朝田藝蘅《留青日札摘抄》說的：「己無成見，一一隨人之聲而和之，譬之

應聲蟲焉。」所以凡是不用頭腦，不思考，自己無定見，隨聲附和的人，就都被人叫作「應聲蟲」。中國在專制時代出了不少「應聲蟲」，自不在話下；到了中共統治時期卻變本加厲，更是舉國如狂，應聲蟲到處都是。我們十億同胞千瘡百病，這「應聲蟲病」也許是個最基本最嚴重的病根子。我相信，大家如果高聲朗讀「梁漱溟」這名字，定可使腹內應聲停止，若把「梁漱溟」當「雷丸」服，更必然可消除掉「應聲蟲」，使中國人恢復健康。國內如再搞甚麼政治運動，開批判檢討講演會議，大家倘若不勝其煩，何妨照此如法一試，至少可得點耳福！

《百姓》出版這個紀念文集，除了有助於文化、思想、歷史研究之外，我猜想，推介「梁漱溟」可當「雷丸」，也許還是個重要目的罷。

一九九〇年五月八日·
於美國威斯康辛州陌地生市民遁路一號之棄園

認知・評估・再充──香港再版《五四運動史》自序

原載《學術集林》第七卷，上海：遠東出版社，一九九六年四月。

　　明報出版社打算出拙著《五四運動史》的再版。一本初稿寫成於四十一年前以前，初版也已三十五年的書，居然還能再版，當然莫怪作者頗有僥倖之感。

　　回憶本書英文初版之前，我在哈佛大學的同事和好友楊聯陞教授見我不斷修改，催我趕快出版。他說：「我們現在著書，只求五十年內還能站得住，就了不起了。我看你這書應該可以達到這個標準。還擔心甚麼呢？」我說：「我固然不敢存這種奢望。不過像五四運動這件重要而可引起爭論的歷史事件，多年來只見成千成萬的官方或黨派解釋和評價，外國人又漠視不提。（這是指一九五八年以前的情況，從這年起，已有美國學者參考我的原稿，補寫中國近代史。）我現在必須弄清事實，不能只做一時應景的搖旗吶喊。我認為，中國史家有兩個優良傳統：一個是臨文不諱，秉筆直書；另一個是不求得寵於當時，卻待了解於後世。這後面一點，也是西洋古代史家的志願。我素來尊重這些作風，現在寫五四歷史，對這些目標，雖不能至，心嚮往之。你說五十年，我想自己活不到九十多歲到一百歲，那已是身後的事了，蒙你這樣相信，自然不敢當。可是我如果過於謙虛，也會近於虛偽和自欺欺人。想你也不會贊成的。」

秉筆直書

　　我當時所舉秉筆直書的例子是眾所周知的，春秋時代晉國太史

董狐的事。魯宣公二年（公元前六〇七）晉國趙盾的堂弟（一說是堂姪）趙穿殺死了晉靈公，太史董狐便寫道：「趙盾弒其君。」並且把這句記錄公開宣布於朝廷。雖然趙盾否認，但他那時是正卿，晉國的軍政大權都掌握在他手裏，事後他就派趙穿去周王朝把靈公的叔父接回國繼位為成公，可見董狐記錄的正合於史事的實質。不過靈公本來無道，趙盾究竟是個很好的軍政領導，他並未禁止這個記錄，也沒有加害於太史。所以後來孔子說：「董狐，古之良史也，書法不隱。趙宣子（盾），古之良大夫也，為法受惡。」這件事可能在當時影響不少，六十年後，魯襄公二十五年（公元前五四八）齊國的大夫崔杼殺死了齊莊公，齊太史也直書：「崔杼弒其君。」崔杼便殺了這太史；可是太史的弟弟照樣這麼寫；崔杼便殺了這弟弟；另一個弟弟又這樣寫，崔杼又殺了他；但第三個弟弟還是這樣寫，崔杼只得罷了。有位「南史氏」聽說太史都殺光了，就帶着竹簡到京城去，要照樣記載，後來聽說已有人寫了，才回去。這件事，從齊太史的措辭看來，顯然是在仿照董狐的筆法，整個事件卻更壯烈可歌可泣。所以文天祥在獄中寫「天地有正氣」，首先便拿「在齊太史簡，在晉董狐筆」來做例子。我認為這是古今中外史家最好的榜樣。董狐比西洋所樂道的「歷史之父」(The Father of History)希羅多德（Herodotus約公元前四八四—四二五）還要早上一百五十多年。當然，希羅多德寫了一本厚厚的《波斯戰史》，董狐卻只留下了五個字一句簡短的記載，從份量上說，遠不能相比。不過我們也不必只從量方面說，若從史德、史質和史家影響而論，董狐和齊太史們自有他們獨特無可比擬的重要性。我當時注重這點，是深痛於當代某些中國史家逢迎上意，為黨派去歪曲歷史，對五四尤其如此，所以才有這番議論。

至於第二點，不求取悅當世，而期待將來，這種看法可能首先

見於《春秋公羊傳》哀公十四年（前四八一）解釋孔子為何作《春秋》。傳文說：「制《春秋》之義，以俟後聖，以君子之為，亦有樂乎此也。」司馬遷大約非常欣賞這個推測，所以在《史記‧太史公自序》裏說他作《史記》也是要「藏之名山，副在京師，俟後世聖人君子」。在〈報任安書〉裏也說是要「藏之名山，傳之其人，通邑大都。」名山是神話傳說古帝王藏書之所，這等於是說：要把原稿藏在大圖書館裏，把副本放在首都，讓後世知音者廣泛閱覽。司馬遷又在《史記‧孔子世家》裏記載：「子曰：『弗乎！弗乎！君子病沒世而名不稱焉，吾道不行矣，吾何以自見於後世哉？』乃因史記作《春秋》。」這後面兩句話不見於先秦記錄，後世學者以為「其言似急於求名」，不像孔子說的話，可能是司馬遷「臆度失當」。這個判斷不無道理，不過《論語》中「君子疾沒世而名不稱焉」這句話的「稱」字應讀平聲還是讀去聲，本難判定；再說，著書以求「自見於後世」，也不見得有何不妥。司馬遷在同篇下文又記載說：「孔子在位，聽訟文辭，有可與人共者，弗獨有也。至於為《春秋》，筆則筆，削則削，子夏之徒不能贊一辭。弟子受《春秋》，孔子曰：『後世知丘者以《春秋》，而罪丘者亦以《春秋》。』」這段話也可能只是司馬遷的臆測或根據傳聞。可是卻說得很恰當，至少代表他自己寫歷史的立場：既要有獨立思考，獨立判斷；也要自負責任，讓後世讀者評判。

所見異辭，所聞異辭，所傳聞異辭

　　我當時寫歷史的態度，不但受了這些中國古代史家的影響，也受了西洋古代和現代史觀的啟發。就上面第二點說，我很佩服希臘史家修西狄底思（Thucydides 約前四五五至四〇〇），他在所著《伯羅奔尼斯戰史》（*History of the Pel-oponnesian War*）裏說：「由

於我這部歷史沒有羅曼史的因素，它也許會減少一些興趣；但是，如果有人想要對過去有準確的認識，好去幫助解釋將來可能發生的類似人生事件，而判斷我這書有用處，我就會滿意了。我寫這書不是為了討好目前的大眾，是要有永久的價值。」當然這是個非常不容易達到的目標；但即使我能力不夠，顯然達不到這目標，難道就不該取法乎上嗎？我在另一方面采納了多元歷史觀，那是在我的初版自序裏早就承認過了。這種史觀一部份是受了羅素的影響。

還有一點啟發我對史學看法的，是《春秋公羊傳》在書前和書末都說過的三句話：「所見異辭，所聞異辭，所傳聞異辭。」我覺得對這幾句最精彩的史觀一直就沒有好好解釋過。從何休以來，長篇大論都在討論這所謂「三世」是指甚麼世代或朝代。依我的看法，這短短的三句話至少指出了對歷史兩個敏銳的觀察：一是把親所見的，所聞的，和間接所傳聞的區分開來，這樣就可大致判斷，直接見到的比較可信和可知其詳，就可以說明隱公元年（前七二二）所記的「何以不日（未載日期），遠也（由於事件發生時距記錄時已經遙遠）」。另一是指出無論所見、所聞、或所傳聞的，報導起來，都不會完全相同，都將各有「異辭」。這兩點都可算是對歷史記載最敏銳的觀察，卻沒有受到注意，至少我未見到受了應得的注意。尤其是，能指出「所見異辭」，真不容易，何況是兩千多年以前呢！這幾句話對我寫五四歷史，最為適合，我當時覺得，就五四情形說來，不但各人說法不同，往往親歷者自己說得前後也不一致，間接傳聞者更不消說了。所以我有時就加上兩個字說：「所見前後異辭，所聞前後異辭，所傳聞前後異辭。」這對五四時代的人物描寫得更恰當，因為這個過渡時代，人們的思想、感情、和行為，尤其是政治黨派立場和人生觀，變動得特別快速和突兀，連他們自己也非初料所及；加上五四運動本身的複雜性，和

後來各黨派的不同解釋，更使親身參預者、所見者、所聞者、所傳聞者，前後的回憶往往自相矛盾，或加油加醋，畸輕畸重，或無中生有，或抹煞事實，或誇張減料，抹黑抹紅，幾乎無所不有。我看過許多當下和後來的報導或回憶，也認識接觸過許多當時的人物，自然大多數是善意者、誠實人，可是多不免「前後異辭」。而比較起來，我還是覺得最先的、當下的說辭較近於事實。這使我決定大量採用當時報刊的記載和個人「當下」的回憶，對後來的說法和解釋卻不得不審慎懷疑。這也使我特別注意到「異辭」的問題，和我必須謹慎，不要隨便接受道聽途說和有目的的陳述，更須提倡「不輕信」（incredulity）這一觀念和習慣。

上面說了許多我所尊重的古今中外史家的目標，其實一方面企圖突出自己力不從心，絕未達到這理想境界；另一方面是想說明，我們對於任何歷史事件，如要解釋或評估，首先必須努力「認知」這事件的真相和實質。我雖然還未做到，但到底是向這方向做。

真知第一

談到認知和評估，我想首先澄清一點：我的英文原著書名是 *The May Fourth Movement: Intellectual Revolution in Modern China.* 扉頁自題中文書名作《五四運動史》。這英文副標題的前半並不好中譯，有人譯做「思想革命」，也有人譯做「知識革命」，本來兩者都包含在原文的意義裏，卻沒有一個能包括原文的全部用意，因為在本書結論章第五節裏，我還特別指出過這也表示這運動是知識分子所主導的。一九六九年五月，《明報月刊》出版「五四運動五十周年紀念專刊」，約我寫稿，我發表了〈「五四」五十年〉一文（見該刊四卷五期，總四十一期），在開頭我就指出：中、日文的書評作

者多已把這副標題中的 Intellectual Revolution 譯做「知識革命」，就「知」的廣義說，也是可以的。我並且指出：

> 這「知」字自然不僅指「知識」，也不限於「思想」，而且還包含其他一切「理性」的成分。不僅如此，由於這是用來兼指這是「知識分子」所倡導的運動，因此也不免包含有行動的意思。

在這篇文章裏除了說明五四青年知識分子抗議精神和對政治組織、社會制度、倫理思想和文化文學改革熱忱的重要性之外，還說：

> 但是我認為，更重要的一點值得我們特別注意的，還是「五四」時代那個絕大的主要前提。那就是：對傳統重新估價以創造一種新文化，而這種工作須從思想知識上改革着手：用理智來說服，用邏輯推理來代替盲目的倫理教條，破壞偶像，解放個性，發展獨立思考，以開創合理的未來社會。

我並且指出：「我至少曾把一九一五到一九二三年八、九年間的報刊，直接間接，多多少少檢閱過六七百種」才得出這樣的結論。還總結說：「這個前提，若用更簡單的方式說出來，就是『真知第一』。這潮流從中國久遠的歷史看是極不平凡的，為甚麼呢？」接着就解釋，依我的看法，歐美的文明，除宗教思想之外，主要比較重視邏輯推理，考察自然規律，也就是客觀的知識；中國至少自秦漢以後，所發展的乃是偏重倫理道德、修齊統治的文明。雖有個別的例外，但主要歷史事實確是如此。所以我當時說：

> 後代的歷史家應該大書特書，（五四）這種只求訴諸真理與事

實，而不乞靈於古聖先賢，詩云子曰，或道德教條，這種只求替自己說話，不是代聖人立言，這種尚「知」的新作風，應該是中國文明發展史上最重大的轉捩點。

這裏所說的「知」，是指對客觀實在認知的知，是純粹邏輯推理的知。是指探索「是甚麼」、「為甚麼」、和「如何」的知，不是教人「應該如何」的道德教導。當然，五四時代的知識分子對這些並未能完全好好做到，但有許多人有這種嚮往，那就仍可說是劃時代的了。這也不是說道德不重要，只是說，五四思潮補救了傳統之偏失。

同時，我又指出：「可是這種清淺的理知主義，如果沒有和當時救國運動的熱忱結合在一起，就不能造成巨大潮流。」接下去我就檢討五四「末期所遭遇的逆風」。就是一九二四年以後，拋棄了五四早期思想文化革新的理想和作風。我認為這是扭曲和出賣了以個性解放、人道主義、自由、民主、科學思想為主軸的「五四精神」。我不認為救國或救亡熱忱必然會使新思潮、新文化改革運動流於偏失，早期知識分子原是選擇以思想文化革新作為救國的途徑，這些革新也因救國熱忱而得以迅速開展。當然，我也不否認，群眾運動熱忱的本身有暴力的本質，像汽油燃燒，可以炸毀一切，也可作為有秩序的和建設性的推動力。蔡元培早就把它比做「洪水」，可能也是這樣看法。事在人為，五四時期的改革理智和救國熱忱配合得相當好，這點還不應抹煞。

五四像可以再充電的電池

本書還牽涉到許多其他的問題：如「五四運動」一詞的範疇到底應不應該包括「新文化運動」。我認為分開就兩者都無法充分說

明，更無法了解這一時代。又如五四思潮是反整個傳統嗎？「反傳統主義」（antitraditionalism）一詞是我首先使用於本書，後來給許多人採用。其實，我本應說清，只有少數的激烈分子反整個傳統；大多數人，尤其是較好的領導知識分子，多只是反對傳統中某一部份，卻採納、提倡、或尊重其中另一部份。他們所極力反對的是當時許多頑固派和流行觀點認為凡傳統的都是對的。因此，我後來常說，這不如叫做「反一傳統主義（anti-traditionalism）」。這些人的觀念，絕不能拿西洋近代社會學者所說的有「系統性」和「封閉」排外的「意識形態」（idealogy）一詞來攏括，硬說他們即使承認傳統中有優點，在「意識形態」上仍是「全盤性反傳統主義者」。若拿蔡元培、胡適、蔣夢麟許多人來看，這頂帽子總是不適當的。若只徵引胡適在某種特定情況下說的話，而不拿他在別處說的話來平衡，那是可誤導人的。主張五四人物是全盤反傳統的人，同時卻認為五四以思想改革為一切改革的前提乃是受了儒家影響（這點我並不完全否認），而五四思潮實是繼承中國過去一元式的作風，「整體主義」（totalism）的作風。這後一點難道不自相矛盾嗎？我以為這也許忽略了杜威和胡適當時極力提倡文化改革只能「一點一滴」的去做，胡適也否定有能解決一切的「萬靈丹」。這種思想豈能說是「整體主義」的？對於這些，還有其他的論點，我過去都作了好些評論，大體上可參看我的兩次講演：一次是一九七一年五月一日應邀在美國密西根大學、威斯康辛大學、芝加哥大學等各校中國師生在安娜堡聯合舉辦的「五四」五十二周年紀念會上的講演，講辭：〈五四運動告訴我們甚麼？〉發表在《明報月刊》六卷九期（一九七一年九月），轉載在《大風》等刊物及臺北百傑出版社出版的「社會叢書」、陳少廷編的《五四新文化運動的意義》（一九七九年）一書中。另一次是一九九一年六月十五日應臺北中央研究院近代史研究所之邀作「學術講演」，講辭：〈以五四超越

五四〉，載於該所《近代中國史研究通訊》第十二期（一九九一年九月）。歷年來，胡菊人先生訪問和介紹我對五四看法的文字頗不少，一個例子是一九七九年三月二十九日我經過香港時他作的長篇訪問：《五四的成就・五四的感召》，載在《明報月刊》十四卷五期（總一六一，一九七九年五月）「五四」六十周年紀念特輯內，我在這幾篇裏都粗略談到我對五四的一些看法，當然不完備，這裏就不再說了。

　　五四運動如果從最早期算起，至今已八十年，可說已經過了整個二十世紀的主要年代。這期間，中國和全世界都已發生過極大的變動。歷史決不會重演，今天來重溫五四這段歷史，還有甚麼意義呢？我常說：五四運動是活的歷史。因為它的精神還活着，它所提出的目標還沒有完全達到，還有更年輕的人志願為它而推動。自由、民主、人道、科學，都是永遠不完的事業。

　　五四提倡理智和知識，是最適合現代新潮流的趨勢。二十世紀由蒸汽文明進展到電力文明，由原子能文明進展到電子文明、資訊文明。在可見的將來，在二十一世紀，高科技的地位愈來愈提高。我們對財產的觀念也逐漸改變和擴張了。過去計算財富的要素是土地、勞力、物資和資本，現在和將來，「知識」（knowledge）必定成為最重要的「財富」（wealth）。我在一九七九年「五四」六十周年寫的那首詩：「從古自強依作育，至今真富在求知，百年以後誰思此，舊義新潮兩不移。」我經過多年考慮，和許多前輩一樣，認定富強之道，首先要靠發展教育。但我更堅信，真正的「富」乃是「知識」。從這方面說，五四思潮實在有合於未來潮流之處。

　　五四的另一方面，救國熱忱，後來促進了國家「最高主權」

（sovereignty）和「民族國家」（nation-state）的觀念，使民族主義抬頭。這固然受了政黨的推動，但仍然可說是五四運動後果之一。我素來認為民族主義不能算最後的目標，只是應變的必需。現在世界已走向跨國經濟發展的道路，照理，限於一國的民族主義應該不會再佔勢力。可是長期以來，個人和個人集團都受國家法律和武力的保護和制約，像國際貿易和國土主權，幾乎沒有一國願意放棄本國的保障。美國研究民族主義的主要學者舍佛教授（Boyd C. Shafer）所著《民族主義的各種面貌：新現實與舊神話》（*Faces of Nationalism: New Realities and Old Myths*）（New York: Harcourt, 1972）對於民族主義的歷史和在現代各國的趨勢，分析精密，也參考徵引過本書的英文版。他的結論認為：雖然有人期望國際主義和世界政府，但絕大多數人還情願受「民族國家」的保護。照目前中國的處境看來，五四時代知識分子和一般大眾熱忱抵抗外國侵略，保障領土主權完整的傳統，也許還會受重視。至少在可見的將來還會如此。試問目前有哪一個國家肯放棄這些呢？

所以五四有點像可以再充電的電池，即使時代變了，它還可能有它無比的感召力。

本書出版後這三十五年間，世界各地的學者和出版機構對這一主題和相關因素，已發表了許多新的資料和研究成果，當然在某些細節方面可以補充或修正本書。不過就我所知，這些還不能使我作重大改動。所以中譯本基本上仍保存了英文本的原貌。

————一九九五年九月二日夜深於威斯康辛陌地生

同情與婉惜──《中國第一才子錢鍾書》序

原載香港：《明報月刊》第三十七卷第一期（總第四三三期），二〇〇二年一月。

默存的處世哲學

　　以前我常常想到，文革時代遭批鬥的好些知識分子，怎麼能忍耐不死。尤其想到北宗初年范仲淹（九八九至一〇五二）借烏鴉之口說的「寧鳴而死，不默而生。」更覺文革時對作家那種遊行屈辱，實在使人不容易隱忍活下去。後來，一九八一年，南京大學和中國作家協會邀請我去中國訪問，夏天在上海巴金先生家裏談到這個問題，他解釋說：個人死去不難，可是還有妻子兒女一大堆人都要遭殃，怎麼辦？我當時更想到，在那種情況下，實在不應該輕生，即使你不顧一切，白送了幾條命，又有甚麼用呢？連後來替自己辯冤白謗都沒有人！留得青山在，總還可以寫些別的東西，留給後人。

　　這年秋天，我又重訪北京，見到不少的作家和學者，當中有錢鍾書先生和他的夫人楊絳女士。錢教授當然早已知道，威斯康辛大學在陌地生市的校本部早已在一九七七年就有研究生胡定邦（Dennis Hu）寫有博士論文，討論他的幾部小說。兩年後，茅國權（Nathan K. Mao）和另一美國女生又合作英譯引他的主要小說《圍城》。他們都是在威大唸的博士。我去見他時，他表現得頗親切。由於在上海才同巴金先生討論過的問題，使我特別注意他從小就字「默存」。

　　我去看他的時候，四人幫早已垮臺，可是他比別的知識分子還更小心。我那次訪問，帶了個錄音機，所有的作家和學者都讓我錄

音，如巴金、冰心、朱光潛、曹禺、艾青、馮至等許多人，還有沈從文，都無例外，並且都有外辦陪着，也能相當坦白談話。可是這次我特別不要別人陪伴，一個人去，錢鍾書卻說不要錄音。其實我帶錄音機，也不是為了甚麼備此查照，只因自己聽力不夠，只好回來仔細聽清楚，以免誤解。所以我每次都要徵求對方同意才錄音。既然錢先生說不要，我當然不錄。錢和我談得很投機，他喜歡夾雜許多英語和歐洲語言。後來我讀到芝加哥大學芮效衛（David T. Roy）教授記他和一批美國學者在北京訪錢的經過，提到錢的談趣，正是如此。當時我們也談到湘西安化縣藍田鎮國立師範學院，因為他父親錢基博先生在那裏當過中文系主任，我初中一位同班同學顏克述正是他父親的得意門生之一，可惜克述沒畢業或才畢業就害肺病去世了。錢鍾書在那個學院擔任的是英文系主任，不過他告訴我他父親門下的確有不少古文根底很好的學生。其實，照我的看法這也是那時湖南中等學校學生和別省不同的地方。

錢鍾書的天才受了壓抑

錢鍾書在歐洲留學的時候，曾經用英文發表過一篇文章，介紹中國的迴文詩。多年前，芝加哥大學英文系有位資深美國教授，聽說我對迴文頗有研究和創作，特別複印了錢的那篇文章，還寫信提出了好些問題。我那時正忙於系務，未能和他詳細討論。只回信告訴他一九八七年我寫過一首「字字迴文詩」，發表在香港《明報月刊》次年二月份，因此引起香港大學一個學生何文匯寫了一篇六百多頁的碩士論文〈雜體詩釋例〉。（後來於一九八六年由香港中文大學出版社出版成書，我還寫了篇序。所謂「雜體詩」，包括過去所有的遊戲詩體，如迴文、集句、離合、雜嵌等。文匯後來在倫敦大學唸了博士學位。現任香港中文大學教務長。）那時我只把文匯

碩士論文的英文摘要四頁複印寄給芝大那位教授，作為解答。這次我把這事告訴了錢鍾書，問他有甚麼看法。他說也沒有甚麼新意見了。我想關於這個問題，恐怕文匯的研究還比較詳細，雖然宋末以後，以至和別國遊戲文學的比較，還有待開發，可惜像錢鍾書這樣淵博，懂多種語言的人已不易多得了。

我們暢談了一兩個鐘頭才請楊絳女士來照了幾張相。由於我還要去找也住在三里河的俞平伯先生，問鍾書如何去法。他堅持親自送我去，我那時還不知道像吳忠匡先生說的錢鍾書不會記路，所以就跟着他去了。結果他路記得很清楚，雖然路不遠，但曲曲折折，一排排房屋看來都相似，如不熟識，也不易找到。可是錢先生一走就到，一點錯處都沒有。他敲了門，俞先生早在等我。我在旅館裏曾預先打了電話，說下午會去拜訪他。所以一聽敲門聲，就親自來開門。鍾書一見俞先生，正像日本人那樣深深一鞠躬，說聲「老師！」他這種對老師的尊敬，倒使我吃了一驚，也使我自覺慚愧，自從到美國以後，無論在臺灣、香港、或大陸，見到過去的老師，都沒有講究過這種舊式尊師的禮節。現在年紀大了，即使想找以前的老師來尊敬一番，也找不到了！那次俞平伯先生還邀請過錢先生也到他家裏坐一坐，可是錢先生說不要打擾，轉身就回去了。

後來過了幾個星期我回到美國後，寫信給錢先生道謝，並附了在他家照的幾張照片。他也回了一信，字寫得滿滿的，我因又忙於奔波，沒有再寫信了。過了幾年，我又過訪北京，那時他已經是社會科學院的副院長，有個星期一去新蓋的社科院看他和一些朋友。只見新院子一座高樓，裏面傢俱還沒搬好。會客室坐着兩三個老太婆，我說要見錢鍾書副院長，她們說沒聽見過這名字。我說不可能，她們就拿出職員名冊來查，翻了翻也沒查到。我說應該在最前

面吧。她們再翻查了一下，果然查到了他的名字。可是她們說：星期一是沒有人來辦公的。當然她們從來也沒見到錢副院長來過。要我過幾天再來試試。但是我隔天就要離開北京了，所以只好錯過再見一面的機會。回來寫了一首打油詩想寄給他們夫婦，開個小玩笑，後來也牽延未寄，目前也匆匆找不到了。

湯晏博士把他多年積聚起來，並且大多已零星發表過的稿件《民國第一才子錢鍾書》，寄來要我寫序，我匆忙中讀完他的傳稿，覺得他寫的十分周詳，對錢鍾書也非常同情和公平，不失為值得細讀的傳記。無疑的錢鍾書是空前可能絕後的天才，值得欽佩；當然他也有好些缺點，如頗喜賣弄和很自負，書卷氣太重等等，湯先生在傳裏也好幾次提到過。據我看，對他的創作和學術著作，尤其是後者，恐怕從來還沒有人仔細認真評論過。當然這很不容易。像《寫在人生邊上》裏的短文，每篇都好，讀來有味；可是細細考慮起來，卻問題多了。例如〈談教訓〉裏批評到孔子，《論語》〈季氏章〉：「孔子曰君子有三戒：少之時，血氣未定，戒之在色；及其壯也，血氣方剛，戒之在鬥；及其老也，血氣既衰，戒之在得。」錢先生便說：孔子「忘了說中年好教訓。」這兒所謂少年、壯年、老年，當然說得很籠統，古今來人的壽命長短不同，到底各個年期指多少歲，往往隨時代而說法不同。如梁朝皇侃的《論語義疏》便說：三十歲以前是少年，三十以上是壯年，五十以上為老年。有些人卻根據孟子說七十歲才可算老。從東漢到晉代，大約中年指四十歲到五十歲左右。其實孔子說的壯年，可能和中年相當，我們很難說他忘記了中年；並且「好教訓」和「好鬥」也很類似，這就更難細細區分了。

錢鍾書的天才受了壓抑，使他不能自由創作，因此率興放棄創

作，這真是中國的大不幸。他和許多優秀學者和作家，如陳垣、陳寅恪、吳宓、巴金、沈從文等許多人，無論是不能還是不願掙脫這種壓抑，走向自由，終於造成了個人的不幸，我們只有同情和惋惜，不忍批評責難。在這方面我更特別推崇湯晏博士這部大著，它真是給一個現代中國知識分子遭受浩劫的最好見證，也給我們大家一面最明澈的鏡子。

二○○一年十一月三日序於美國威斯康辛州陌地生市之棄園

古今詩學

《失群的鳥》譯序

原載泰戈爾著，周策縱譯：《失群的鳥》，臺北：晨鐘出版社，一九七一年。

　　泰戈爾（Rabindranath Tagore, 1861-1941）是東方人第一個獲得諾貝爾文學獎金（一九一三）的詩人。他的成就用不着在這兒多介紹了。這兒只簡單的談談他和中國的關係及有關本書的幾點。

泰戈爾在中國的影響

　　一九二三年初，梁啟超在北京用講習會主席的資格邀請泰戈爾到中國講演。本來是一種私人的邀請，泰戈爾覺得最好能代表印度的國際大學（Visva-bharat）到中國訪問較好，就用了那種名義。他於一九二四年三月二十一日離開加爾各答，四月十二日到達上海，留了一個星期，四月二十日到南京，二十二日到北京，在那兒住了大約一個月光景。五月二十日他離京到山西太原住了兩天，於二十五日到杭州，二十八日復到上海，二十九日離開中國。在他留中國的一個半月時間，由徐志摩等人陪着到處講演，很受歡迎。

　　在二十年代裏，中國早期的新詩壇受泰戈爾的影響，恐怕比受任何別的詩人的影響要深刻。像徐志摩、冰心、劉半農、宗白華，以及其他許多詩人在好些方面都直接間接地受了他的影響。冰心自己就說過，她的〈繁星〉是因讀泰戈爾《失群的鳥》有感而作的（見〈繁星自序〉）。冰心的〈繁星〉和〈春水〉無論在內容和形式上都模仿着《失群的鳥》。後來中國詩壇上因此流行着一種以智慧和哲理為主的小詩體。徐志摩於泰戈爾到中國之前就說：「泰戈爾在中國，不僅已得到普遍的知名，竟是受普遍的景仰。問他愛唸

誰的英文詩，十餘歲的小學生，就自信不疑的答説『泰戈爾』，他
的私淑弟子以外，十首作品裏至少有八九首是受他直接或間接影響
的。這是很可驚的狀況，一個外國的詩人，能有這樣普及的吸引
力。」

中國詩人對泰戈爾的讚頌舉不勝舉。冰心的散文〈遙寄印度哲
人泰戈爾〉可說是很美的讚美詩。如她説：「泰戈爾！謝謝你以快
美的詩情，救治我天賦的悲感，謝謝你以超卓的哲理，慰藉我心靈
的寂寞。」英國詩人葉慈（W. B. Yeats）說：「我每天讀泰戈爾，
讀他的一行，便把世界上的一切煩惱都忘了。」（見〈吉檀加利
序〉）所以他把泰戈爾的詩選了好些到牛津現代英文詩選（*Oxford
Book of Modern Verse*, 1892-1935）裏面去。

《失群的鳥》是泰戈爾於一九一六年夏天去日本時在海船上用
英文寫的。其中一部份採自他一九〇〇年出版的短詩及寓言合集
《鋸宵》（*Kanika*）自譯而成。很明顯的，這種簡短美妙的哲理詩
體是受了日本俳句體的啟示，這已是好些寫泰戈爾評論和傳記的人
承認了。

這種小詩的好處是能以少許勝多許，往往留下不盡的意思讓讀
者自己去回味。真像海灘上晶瑩的鵝卵石，每一顆自有一個天地。
它們是零碎的、短小的；但卻是豐富的、深刻的。我們千萬不可走
馬看花般去讀它們。最好當興致來時，隨手翻到幾首就細味一下，
不合意時就不妨另看一些，也許你偶然會碰上幾行，忽然引起你無
限的回憶或美感，就那麼一兩行也許會使你終身不能忘記。正如屠
格涅夫在他自己的散文詩前面對讀者忠告說的：請你別一口氣把這
冊小詩集讀完，那會使你厭倦的。你最好每次只讀一首，今天這一

首,明天那一首;這樣,也許有一首偶然會在你心靈上留下些不可磨滅的痕跡,也許有一些會留下些種子將來有一天要結出果實來。譯者也願把這忠告獻始《失群的鳥》的讀者。

出於偶然的翻譯

這小冊子的譯出,完全是由於一種偶然的感觸。一九五二年春天仁在美國密西根安娜堡時,每天盼望着爸爸的信,總是消息杳然。那時我已知道大謀哥已去世了,卻想不到爸爸也就在那時候永別了我們。我當時對於人生所感到的悲傷和虛妄,沒方法表達,只覺得古人有兩段文字最使人感動。一段是莊子說的:「君其涉於江而浮於海,望之而不見其崖,已往而不知其所窮,送君者皆自崖而叔,君自此遠矣!」這短短的幾句說盡了訣別的浩嘆和絕望。另外是清朝吳定說的:「游從舊侶,半皆散亡;竹既凋殘,池亦竭矣。」這完全說出了凋零之感,真正都是用眼淚寫成的。我當時之所以十分受這些句子感動,正說明我個人的悲觀情緒,也就正在這時候,我讀了《失群的鳥》。這裏面多少美麗智慧的句子,使我當時的心情得到沉重的共鳴,透澈的解脫,和深切的慰安。我知道,我爸爸和謀哥對這種詩句的美麗,哲理的慧妙,和信心的虔誠,從來也是很喜歡的。我想,他們要是讀了,該多麼高興呵!於是我不知不覺就花了三晚的功夫把它全譯出來了。我根本沒有想到譯得對不對,美不美;更沒有打算將來要發表出來。這集子的一部份,鄭振鐸先生早已譯成了中文,我譯的時候還不知道。遠居海外,也無法找到他的譯本。這書原名*Stray Birds*,最確切的翻譯也許是《迷失的鳥》。鄭先生譯成了《飛鳥集》。我這兒譯做「失群的鳥」,一方面因為Stray本也有失群的意義,再方面也正反映我譯詩時的心情。

　　我很明白，這詩集我是不夠譯它的。我譯它，原不是像專門去海底探採明珠的人想採了拿去市場銷售；我是像一個翻了船沉到海底的海客，在慌慌張張，痛苦掙扎時，忽然在污泥裏一手抓到了一把明珠，我就在波濤洶湧的海底把它欣賞，連人生的風暴和生死掙扎的悲劇都忘記了。在這種情景下譯出來的東西，要是你責備我已損壞了這明珠的色澤和光彩，我怎麼能否認呢？

周策縱

一九五四年四月二十七日於哈佛大學

　　這部譯稿是根據麥克米倫書局一九四一年初版，一九五一年重印的全集本翻譯的。原稿曾經由一位好心的朋友在一九五四年拿到臺灣去，想在那裏出版。但後來他來信說：由於當時印度和中國大陸關係太密，凡是印度人作品都不便在臺發表，所以作罷。想不到去世已多年的泰戈爾純潔的詩，也會成為一時的禁書。可是後來不久，中印關係轉變，一九五八年臺灣卻有人出版了一個譯本，題名「漂鳥集」。而我的原稿卻一直杳如黃鶴，不知去向了。這次青年作家白先勇、先敬兄弟熱心慫勇，由詩人王潤華、淡瑩夫婦就我留的副本整理抄出付印。我該深深感謝他們。還感謝以前那位好心的朋友。

譯者附記：一九七一年七月二十五日

於威斯康辛・陌地生・民遁路之棄園

《螢》譯序

原載泰戈爾著，周策縱譯：《螢》，臺北：晨鐘出版社，一九七一年。

　　《螢》是我在一九五二年精神上感到最痛苦的一段時期譯出來。我花了幾晚失眠的夜把它譯完，用來紀念我生命中對我關係最密切的幾個女性，特別是我去世了的，親愛的母親鄒愛姑女士，和與我多年不相見的姐姐郁蘭，我們小時都叫她菊姐姐。她們真是我幼小生命裏的「螢」。

　　泰戈爾的思想有時使我們這些受了莊子天人合一觀念影響很深的中國人易於感受。他所說的「蝴蝶的生命不用月而用刹那計算，卻擁有充足的光陰。」像讀一篇〈逍遙遊〉或〈齊物論〉。他的詩往往和中國詩的意象接近。他說：「雲就是煙霞之山，山就是亂石之雲」，不免使我們想起蘇東坡「亂石崩雲，驚濤裂岸，捲起千堆雪」的句子，雖然整個意境並不完全相同。他的「草兒從無數死亡中復活，所以山死後它還活着」也使我們想起白居易詠草的詩「野火燒不盡，春風吹又生」或其他許多類似「春草年年綠」的詩句。再看他說：「不論你是怎樣，在愛情裏，我還你無窮的債務。」這更容易使我們想起《紅樓夢》裏絳珠仙草還眼淚的故事來。泰戈爾自己說，《螢》的根源一部份是在中國。這句話也許還有點抽象的意義，詩人和我們本來是同根共源罷。

　　這二百五十三首短詩本來不是為了發表而翻譯的，所以在書篋裏一擱就快二十年了。沒有仔細研究和推敲，錯失難免。近來王潤華、淡瑩夫婦催促發表，該謝謝他們替我整理和抄寫。

　　　　　　　　　　　　一九七一年二月十五日於威斯康辛，陌地生

一個中國知識介子的風骨──《盧飛白詩文集》代序

原載臺北：《傳紀文學》第二十二卷第四期（總第一三一號），一九七三年四月

從李經到盧飛白

　　盧飛白先生具有中國知識分子的優良風骨。現在就把我和他相識的經過來做例子說明。我和飛白相識大概可追溯到五十年代的初期，我們在刊物上互相讀過各人的詩文。但那時我只知道他叫「李經」。一九六〇年冬天，我感到胡適於先一年在《自由中國》半月刊發表的那篇〈容忍與自由〉一文，只提倡容忍，未免過偏，承胡先生寄稿給我們所創辦的《海外論壇》月刊的時候，我便寫了一篇〈自由、容忍與抗議〉，和他那篇〈所謂曹雪芹小象的謎〉一文，同時在一九六一年元月的論壇二卷一期刊出。我的大意認為，容忍固然是自由的根本，但必須配上另一個輪子──抗議，才能促進自由和民主。並且指出，這個問題在一九一四年時章士釗、張東蓀等人早就爭論過，現在應有更深一層的認識。我除了從政治、哲學、心理學、社會學等觀點，說明容忍與抗議的精神可以相輔相成之外，更強調在現實社會裏人壓迫人的事實是如此之多，實在號召我們有抗議的必要。我在文末說：「我們必須容忍抗議，必須抗議我們認為不該容忍的事，抗議的人更要容忍別人的抗議。」這個平凡的意見當時也曾引起一些朋友們（如楊聯陞先生等）的重視，可是他們多是口頭或用私人書信來支持。但論壇的三月分（二卷三期）卻登出了一封署名「李經」的〈讀者投書〉，說對我那篇文章「很感興趣」，並且說抗議和容忍與孔子的「忠恕」兩個觀念相當。他認為胡適一生似乎已做到了這兩方面，不過在〈容忍與自由〉一文

裏只是談「恕」道，而我提出「抗議」為自由的另一隻輪子，介紹
胡文所沒有強調的一面，所以「這是很有意義的。」這時紐約方面
《海外論壇》的朋友們就告訴我，「李經」的真名字是盧飛白，從
他信裏所指出的幾點看來，我認定這人思想很深刻，眼光很敏銳，
本來想和他通信繼續商討，只因一時不知道通訊處，也就耽擱了下
來。但我對飛白的確留下了一個深刻的印象，覺得他關切中國問
題，非同泛泛。而他從道德上和知識論上給「忠恕」兩個觀念以新
的解釋，也決非尋常不思索的人所能做得到的。

　　過了三四個月後，論壇的朋友向飛白拉稿，他就交了一首長詩
來，題作「哀思」。這詩不但意象辭藻俊麗，而且真是有血有肉的
作品，我主張立即發表。同時以為有幾行可以刪改，尤其是第五節
以下合於邏輯的推論太多了，與全詩其他凝縮的作風不相稱，便在
原稿上寫下我的意見，並建議那幾行可以刪去。後來飛白果然刪去
了一些，就在一九六一年七、八月分的二卷七、八期合刊登了出
來。但這次登出的稿子，他刪的還是不夠多，直到幾年以後，他再
三考慮過，才又刪去了一些，成為定稿，並且把題目改做「血污的
黃昏」。他的最初稿我這裏已沒有，現在把論壇所登全詩中的第
三、四、五節抄在下面，因為這幾節後來刪改得較多，若與最後定
稿對比，很可看出他重視朋友的批評，和不斷精益求精的精神：

　　（三）

一切一切都不過是一場
無線電裏的爭辯。
吳市的簫管已經上過電視臺
和God Bless You一同排遣半個禮拜天。

興盡的專家，聽說，已經抽完
最後一斗煙；但，那隻
充滿灰塵的腦袋，居然又
火辣辣地重新發現自己的優點。

廟堂裏多是竊食的鼠群
托缽僧仍固執着木魚。

（四）

寬容的大氅裏容不下
一柄陰私的短匕；而
潯陽樓頭湛然自滿的碧綠酒，
與夫易水畔蕭蕭的高氏之瑟，
俱早已交代給紅伶與名導演。
與時代同走索於彷徨的河汉，
憂喜的是看熱鬧的萬家燈火。

今夜，春的神經末梢延展到
這從未敏感過的江邊——
潮水沒有半聲唔息，
捲載起你的大氅而東下……

（五）

如果暴力即是真理，是非
當然是不要的累贅，

> 淚沒是非也就是溺殺正義。
> 因為：在正與反，是與非反覆矛盾
> 和選擇之中正義露頂。
> 如果一切臣服於權力，
> 權力臣服於意志，
> 意志臣服於私慾，
> 私慾：這浪跡宇宙之野狼，
> 既得權力與意志的雙重提掖，
> 勢必撲擊全宇宙，
> 而終於力竭而倒斃，以
> 不周山的化石堆造自己神奇的墓碑。

　　這兒的三個英文字他後來改成了「呵欠」二字，第四節的下半段全刪去了，第五節的三、四、五行也刪去了。這三行本來很有道理，不過就詩的藝術說，全詩是更精煉了。這首詩的主題可說正是對專暴權力的強烈抗議，而又充滿着哀思。「寬容的大氅裏容不下」正是抨擊不容忍者。這首詩很能引起我的同情，我在一九五七年初也曾寫過一首歌頌「反抗」的詩，曾在一九五九年一月十六日出版的《自由中國》第二十卷第二期上發表，題作「給亡命者」。那裏我有「大黑披風內陰深得非短劍所能測」的句子，也說過「你鮮紅的血只滴向荒涼的地方。」第二節是：

> 有風雲就有你的腳印，
> 卻沒有羅盤能找到你的方向。
> 你賣劍在長安的十字街頭，
> 你題詩在潯陽江酒樓的壁上。

在那詩裏我宣揚「與威權不共戴天，讓太陽對你發抖」。我寫那首詩時，頗受了歐美民歌ballad體和中國民歌的影響。一九五五年我曾譯過富有「水滸」精神的，十六世紀的蘇格蘭民歌《阿絳宜》（*Jonnie Armstrong*）和其他作品。所以我的詩也就用押韻的四行詩體。飛白的那首詩，意境和遣詞，一部份和我的類似，但他的詩是新古典主義和超現實主義以後的現代詩，意象豐富，使我更喜愛，固然我以前也曾用這種體裁寫過詩。

被遺失的一代

在這以後的兩三年裏，飛白大約正在忙着寫他的博士論文，我也離開哈佛的研究工作，搬到威斯康辛大學來教書，便一直沒有機會和他直接往來。直到一九六七年冬天有幾個同事去芝加哥開會，回來説曾碰見盧飛白，他託他們順便向我致意，我才知道他已在紐約的私立長島大學坡斯特學院（C. W. Post College）當助理教授，教英美文學。這時劉紹銘先生正在我們的東亞語言文學系和比較文學系教中國文學，尤其是近代文學。次年春天他決計去香港中文大學教書一年，學校需要找人代課，我便推薦敦聘飛白。紹銘這個職位也是助理教授，起初本來全在東亞語文系，後來因為紹銘本專攻比較文學，便變成兩系共有，但三分之二的薪水還是由我們東亞語文系出。只因紹銘偏好比較文學，後來索性只用該系的辦公室，外表上便好像主要屬於比較文學系了。論學問和資歷，飛白都不應該還當助理教授，可是我們當時沒有更高的缺，而社會上風氣浮泛，沒有幾個人能欣賞真學識。飛白保持中國傳統學者謙退的美德。他的受委屈，實在是對社會的大諷刺。但威大無論在設備、聲望、待遇利環境等方面，都比長島好多了，我們聘請他，總算是一個小小的安慰。在我推薦他以後而他還不知情的時候，他聽説我編的英文

書刊《文林》快要出版了，就寫了一封信給我。從這封信很可看出他謙虛自守的個性。這是他給我的第一封信：

策縱兄：

　　在《自由中國》及《海外論壇》多次拜讀您的作品，可惜始終沒有機會見到您。從唐德剛兄處探聽到您的新址，可惜我在去年離開芝加哥，回到紐約，不能到Wisconsin來拜望您。

　　最近讀到Association for Asian Studies的Newsletter。知道您在籌備《Wen Lin》雜誌。第一期且有Hellmut Wilhelm論鍾嶸《詩品》的文章。我是學西洋文藝思想史的，但對中國文學批評也有極濃厚的興趣。希望《Wen Lin》早些能出版，使我有拜讀的機會。我是芝加哥大學的英國文學博士，「李經」是我的筆名。下半年，我在這裏的Long Island University教幾課英文。有暇希望能寫信來談談。

　　祝
安好

　　　　　　　　　　　　　　弟 盧飛白敬上 4．25
　　　　　　　　　　　我的通訊地址是：Fei-pai Lu
　　　　　　　　　　　　　　48-50 38th St.
　　　　　　　　　　　　　　Long Island City 1
　　　　　　　　　　　　　　New York

飛白這時本來大可不必作自我介紹了，他十多年來不但已發表了許多中文詩文，還投書討論過我的文章，而且他的英文名著《艾略特詩論辯證法的結構》（*T. S. Eliot; The Dialectical Structure of His Theory of Poetry*）兩年前就已為芝加哥大學出版部所出版，當時我經過倫敦，在書店裏就見到過。他已經很有名，本應知道我當然早已知道他了。他在長島大學實是教英美文學，不僅是英文。東方人能在英美教這種課的並不多。他卻輕輕說過，連他自己著的書都不肯提一提。在社會上我們見過多少招搖吹拍的人，飛速地變成了名教授名學者，而實際上並無真學問和高見。飛白和他們真有天壤之別。

飛白答應來威大教書後，七月十二日先來陌地生看看學校，當天就來找我，我陪他看了校區和辦公室，圖書館管理東亞資料部份的王正義博士和他在芝加哥大學同過學，所以當天我就約他們在我家吃晚飯。過兩天他就回去了。等九月初學校開課時再來，我便常和他課餘出外喝咖啡，談談古今中外對文學和知識分子的問題。有一次，我的班上有個美國學生寫了一篇討論司空圖文學思想的論文，並且把《二十四詩品》翻成了英文，我改正了一些，但覺有許多不易決定的地方，有一天偶然和飛白談起，他非常有興趣，我便同他在一家小吃館共同討論斟酌了半天，他的意見都很審慎精到。飛白是個吸香煙不停的人，我們談得聚精會神，眉飛色舞，得意忘形，他把手裏燃着的香煙放在我那本《詩品》上早就忘記了，給風一吹，燒了一個大洞，直到燃起火焰來我們才發覺，我趕快把書翻到前面說：「好了，我們才討論過這首〈高古〉：『畸人乘真，手把芙蓉。汎彼浩劫，窅然空蹤。月出東斗，好風相從。』你這手裏的『阿芙蓉』，給這『好風』一吹，造成這『浩劫』，書上留了個『空蹤』，我們也夠『高古』了。」他聽了大笑。我至今每次拿出這本帶着燒痕的《詩品》來翻讀時，便回憶到這不可復得的友朋論學談詩的樂趣。

　　飛白在威大教書一年，一九六八年下半年教的是「二十世紀中國文學」（Readings in Twentieth Century Literature）和「雙邊文學關係——東西方文學研究班」（Bilateral Literary Relations Oriental Western Literature Seminar）。前者列為東亞語文系的五六一號課，後者在比較文學系列作五五五號課。也同時算兩系的課。五百號以上的課只有高年級的學生才能選。這兩門課每週各上課三小時。他同時還教了一門「個別指導閱讀」（Independent Reading），大約也要花兩三小時。一九六九年春天卻只在比較文學系教了一門「二十世紀艾略特的詩學研究班」（Seminar in Twentieth Century Poetics of T. S. Eliot），也同時算作英文系的課。再加上一些「個別閱讀」的指導，負擔較輕。

　　從我的來賓簿上看出，我請飛白到我家吃飯好幾次。他初來的那個學期，十月二十六日他單獨來。過年前本打算請他，他卻回長島家裏度寒假去了。這時正義恰好也去東部，曾去他家看過他，他請正義在一家浙江餐館吃過飯，又把自己收集的大批有關英國詩人和批評家柯立芝（S.T. Coleridge）的資料給他看。寒假快完時，他們都回到陌地生。一月十八日星期六那天下大雪，晚上我就請他們二人來家喝酒。從窗口望去，外面一片白茫茫，我們談得興高采烈。那夜飛白談了許多抗戰時他在昆明聯大的見聞經歷，他最喜歡談卞之琳、馮至、沈從文、李廣田這些詩人和小說家，他對他們相當熟識。我們也談到徐志摩、朱湘、聞一多、金岳霖、潘光旦等許多人。當時澳洲雪梨大學有個外國學生寫了一篇論沈從文的博士論文，我受聘做校外審閱人。沈從文的姨妹張充和女士又是我做詩論學的好朋友，所以我對我們湖南這位小說家的生活和作品也有興趣。飛白認識從文，知道他許多知何追求他太太，以至於家庭逸事，也知道他許多短篇小說寫作的背景和用意，談來津津有味。可

是那晚我們談得最多的還是我們自己抗戰時期在大後方的個人經
歷。我嘗覺得我們這一代的中國知識分子真是拔了根的（uprooted）
「失去了的一代」（lost generation）。但是我們和二十年代美國的
所謂「失去的一代」如海明威之流又不同。我們實是被強迫，「被
遺失的一代」。比我們早一代的人留學回國，可說大有作為，至
少已有過他們的黃金時代。我們卻已失去了這種機會。而前代的
人弄得一團糟，後果卻要我們這一代去共同遭受，甚至遭受得更長
久。比我們晚一輩的青年留學生，固然也與我們一樣是遠適異國，
寄人籬下，但他們往往在出國時早就有一去不復返的打算。我們則
是出乎意外。而且我們在情緒上和文化思想上與中國傳統社會關係
更深，拔根以後的生活和情感更不易調節適應。我們這一代的彷徨
和悲哀，也許不是異代的人所能體會了解的！總之，我們那晚談過
不少悲歡往事，也發了不少牢騷。過了半夜，才在寒風雪片中送他
們上正義的車回去。當夜睡不好，就做了一首舊詩，過兩天用毛筆
宣紙寫好送到樓下飛白的辦公室。他不在，門是鎖着的，我只好把
那幅詩條從門底縫塞進屋裏去。第二天飛白一跑進我辦公室來就大
笑道：「好險！今早到辦公室，坐在桌邊發了會兒呆，忽然看見字
紙簍裏有一張白紙，恍惚上面有中國字，覺得奇怪，拿出看才知道
是你的詩，險些又要遭『浩劫』了！」原來清掃房間的工友不識中
文，當作地上所廢紙，所以塞在字紙簍裏。飛白對這首詩很欣賞，
現在也不妨抄在這裏：

　　　雪夜招飲飛白、西艾於陌地生寓廬
　　從來西北有淒其，淪逐斯情世並遺。
　　雪地車聲鐙影凍，湖冰風跡鳥蹤迷。
　　彷徨中酒當初事，慷慨過江以後詩。
　　一夜高談頭愈白，天傾時變復何疑！

到春假的時候飛白的夫人傅在紹女士帶了他們的兩位女公子來看飛白。傅女士英文名字叫Lydia（莉地亞），是學織品圖案設計美術的。長女宣哲（Selena），當時是十六歲，次女琴儀（Jeanie）十歲，碰巧我九歲的大女兒聆蘭（Lena），英文名字和他大女兒的同了大部份。我七歲的小女兒琴霓（Genie）和他小女兒的中英文名字又都相似。飛白一聽了就注意到，我們都認為大巧事。三月三十日我開車陪他一家人遊校區，並在我家吃晚飯。在座的還有幾個中國同事，包括有趙岡、陳鍾毅夫婦，飛白以前在清華曾教過一年趙岡的英文。大家都談得很高興。

飛白在威大時詩興很好，一方面由於我們的學生中間有好幾個優秀的新詩人，王潤華、淡瑩（劉寶珍）夫婦旦已外別出版過好幾冊清新而深美的詩集，鍾玲的中英文詩都寫得好，也能作舊體詩詞。潤華常請飛白寫新詩。另一方面，我和他見面時，也總要談新舊詩。有一次，我和他在教職員俱樂部同吃午飯，談到二十年來我想着要寫一篇新創體裁的中國史詩的計劃，主題是中國人在文化上的成就和歷史上的危機。但並非從頭說起，而是以近百年來的大變局大危機做杼軸，再把幾千年的歷史重點交織進去。適當運用神話，史實和民間傳說。體裁是要求異樣的統一。飛白很有同感。過幾天我把自己所搜集的《荷馬史詩》的原文和翻譯本二十來種給他看。《浮士德》的譯本我也有不少。事實上西洋的重要史詩我差不多都收集有，還有些論史詩的書。我又把我好些年前譯的乏切爾‧林塞（Vachel Lindsay，一八七九至一九三一）的長詩〈中國夜鶯〉（中國繡簾曲）（*The Chinese Nightingale*）草稿給他看。這詩用舊金山唐人街一個華僑作主角，描繪中國遭受外患內亂，是有關近代中國人命運的一首雛形的史詩。戰前徐遲曾有短文介紹，但從來沒有人全譯過。同時我又把

我手抄的金克木的〈少年行〉也拿出來比較。這詩寫「五四」前後青年在文化、文學和政治上的活動，但技巧還不夠。飛白和我討論了許久，我就鼓勵他用更凝縮的現代體來寫一首看看。過了不久，他就寫了一首〈葉荻柏斯的山道〉。我們又在教職員俱樂部吃飯時，他把草稿拿出來商討。這時還沒有題目，只有第一曲的前數行和第二、三兩曲斷斷續續的許多行。

那天我談到「五四」新文化運動前後新舊派衝突的許多事，談到留美和留日學生回國後在上海的遭受，特別是胡適、郁達夫、陳獨秀、魯迅等人被警察逮捕或騷擾所引起的情緒上的反感等。他根據這些，又補充了幾行。再過好幾個星期，他才寫成第四、五曲。詩裏用了許多希臘神話。那時我從希臘回來還只有一年多，時常談到訪問過的神話古蹟，又拿出好些照片和我的環球紀遊舊詩來閒談。飛白對西洋古典本來就喜好又很熟悉，所以詩就帶有這種濃厚的色彩。又因為他那時正在教《老子》的英譯，所以第一曲裏就引用仿造了好些《道德經》的句子。這詩的〈序曲〉是最後才加上去的。但全詩完成後，我們確曾就整個意境全盤好好推敲過。我認為這是近代中國新詩中非常重要的一首詩。

我本想設法把飛白永久留在威大，可是一九六九年春季末臨別前，他告訴我長島大學已升他做副教授，而我們當時沒有這種空缺。再方面，他太太在紐約有工作，搬家不易。而且那時威大人事複雜，我自己也很消極，因此忽略了一個好機會。當時有外人約我編譯一冊《中國文學批評名著選》，我計劃從先秦選譯到清末，便約飛白和另外幾位中外朋友供給一部份譯稿。飛白答應唐代的一部份，並先從韓愈開始。可是他回去後，等了五六個月才有信來：

策縱兄：

我的來雖非「空言」，但我的去卻確是「絕蹤」了。離開陌地生後沒有給您片言隻字，真是罪該萬死。

行前嫂夫人抱恙為我備飯，您兩度深宵的長談，使我非常感動。有您在，我教課方面得到無數方便，而私人生活上，更減少了不少寂寞之感。

回紐約以後呢？仍然是「轍中老鮒」。暑期和德剛談了個下半天，在伍承祖家過了個週末，其餘的時間是「株守」家中。

韓退之的〈與李生書〉譯了一段，附上給您看看。譯文的風格（格式）不知合不合您的意思。如果您覺得還合式的話，我再「繼續努力，以求貫徹」。您最好給我個「限期」，讓我在「限期」前完工。

夏志清離婚以後又結婚了。這一次太太是中文系的。恐怕要到寒假中才能和他們見一面。

王潤華、劉寶珍寄來的論文，一時沒有時間看。想待看過以後再寫信給他們。

　敬祝

安好。並候

嫂夫人及二女公子好弟

　　　　　　弟　飛白敬上　十一月二十四日

這裏所謂「轍中老鮒」，用的是德剛和我的典。原來一九六八年德剛寄我一詩，很能道出我們對於現狀不滿的情緒。我素來認為哥倫比亞大學要他主持中文圖書館是不善用才。德剛喜歡教歷史，

我卻主張他多寫小說。他不滿哥大現狀,很想離開。當時我回他一首詩,他又答覆了一首。後來他把我們這兩首詩在承祖等在紐約所編的《匯流》(Concurrence)第三期(一九六八年冬季)上。我的那首〈酬德剛兼問近來作虞初否〉是:

> 一首詩來似虎符,舊交江海仍相濡。
> 風塵碌碌成何事?鬚鬢堂堂負故吾。
> 未必無人秦國客,豈能隨俗楚騷孤。
> 十年血淚銷蘭史,紐約紅樓夢有無?

他的答詩是這樣的:

> 喜獲周郎雙玉符,燈前玩研幾摩濡。
> 聯箋翰墨存知己,對鏡簪纓失舊吾。
> 雲外鴻飛千里闊[1],溪邊鵠立十年孤。
> 轍中老鮒幸無恙[2],海隅偷生有若無。

在這同期裏又登有飛白的〈鐘與市〉。他引用「轍中老鮒」,自然對於我們的牢騷不免有同感。

長使英雄淚滿襟

飛白回去後許久才來信,大約身體與精神不舒適是重要原因,但最近正義把他當時收到的一封信給我看,才知道紐約的教書生活使他「忙」於奔波,也可能是一個因素。這信轉錄如下:

1　讀環球詠懷之作。
2　來詩有「相濡」之句。

正義兄：

從陌地生歸紐約後，「閒人」變為「忙人」。一週三天，忙着趕火車上學校，忙着趕火車回家。把生命浪擲於旅途上。

在陌城，承您多方面的照料，使我增添了一份生活的風趣。但打道歸府以後，一個大字也沒有寫給你，頗有負「義」之感。我兄是位長者，希望您能包涵一下。

日本寄的郵卡已收到。想此行定多收穫。大著想不久可付印。我一直在等Bollingerean的Coleridge出版。（裏面有不少從大英博物院發掘出的手稿。）等來等去，只出了三冊。現在我想根據我已見的資料動手寫，待來日Bollinger版廿六冊出齊後，再行修改。

上紐約來，千萬給我打個招呼。我的新電話是RA9-4443。舊電話號碼印在電話簿上，各式各樣的掮客打電話來兜生意，不勝其煩。這一回電話號碼是unlisted。

謝謝嫂夫人，每次上您家，要她忙碌半天。

　祝
健康，新年快樂

弟　飛白敬拜 12·5

我在十一月底收到飛白的信和譯稿後，本來就立即開始寫回信，但中途被瑣事打斷。年關時他寄給正義的聖誕片上寫着「多病故人疏」句子。那時陌地生下大雪，正義在賀片上寫道：「天公正揮毫，也作飛白體，瀟灑如大蘇，無奈似小米。」用他的名字開了

個小玩笑，聽説他看了很開心。飛白小時本名「虛白」當是用《莊子》〈人間世〉篇「虛室生白」的典，後來他父親覺得這孩子身體本來就虛弱，臉白白的，名字顯得不吉利，才改作「飛白」。我的信直等到次年元月中才寫完寄去，那時我們還以為他患病不重，所以信裏都討論翻譯問題：

飛白兄：

　　別後正在念中，近讀〈鐘與市〉詩，正傳示諸生，相與賞析，即得手書及所譯樣式，至為欣喜！

　　您的英譯極為流利可誦，茲將讀後意見數點寫在下面，以供參考：

　　（一）這篇本不太長，可否請把全文譯出？將來整編時，如必須刪節，再行商酌。我的意思，即使書店的編輯計劃中如不能容納全文或其他大量材料，我也可設法以後另出一較大較完整的選集，故譯完亦終非浪費心力也。至於其他過長之作，或需只選譯其中一部份。

　　（二）凡中文特殊詞句如「氣」、「道」、「志」等，若能在譯文之後即附以Romanization，或可幫助讀者了解其與其他各篇間的傳統關係，亦便於我編輯時比較他篇，期求一律。

　　（三）上面這信是幾個星期前寫的，因為等着影印幾頁有關該文的參考資料給你，加以年關忙迫，便給打斷了。同時，潤華夫婦和鍾玲都説你近來患病要在醫院動手術，我想還是等待一些日子才給你寫信吧，否則反會催促你用腦筋。不料這一擱就擱得太久了。於是這第三點要説的是甚麼幾乎記不起來了。大約是這樣的：我見梅太太陳幼石女

士在《清華學報》上譯的韓愈此文，固然很好，可作參考，但我覺你譯的極有風趣而簡潔雅麗，希望仍照你的方式譯下去。這裏選印數頁資料（另用平郵寄上），只算供你參考。高步瀛的《唐宋文舉要》中所註〈答李翊書〉，雖亦太簡，但高是桐城派末期人物（他是吳汝綸的學生），評註尚守家法，或者可供比較。我所用的是一九六三年北京中華書局出版，附有一九六二年劉大傑和錢仲聯合寫〈前言〉的標點本。其他選本中的標註似乎更無助益。

（四）你如健康及時間許可，希望能多譯幾篇。唐、宋、元以後各人物中，你覺得可選些甚麼代表人物？我附寄來名單數紙，歷代詩文評家約四五百人，給你選擇。

（五）我在你的譯稿上加了幾點意見，我自己也不知道妥當麼，請你再斟酌一番，不必照我的意見修改。

潤華給我讀到你寄他們的一首新詩，我很喜歡那第一節。你近來還常作麼？這兒附寄上小文兩篇，真有「王大娘的裹腳布」之感，為之奈何！

盼你來信。並祝

康復

　　　　　　　　　弟 策縱手上 元月十七日，一九七〇年

嫂夫人及姪女輩均此

這信寄出不久就知道他患的是嚴重的癌症，因此我便不敢再問起他的翻譯工作了。以後他寄來短信，說動手術後身體安好，信中有「大病不死，必有後福」等很高興的話，我也就替他放心了。年底我應邀去紐約參加美國現代語文學會，宣讀一篇論現代新詩的論文。本想和飛白見面談談，但沒找到他的電話，也與德剛沒取得聯

絡。結果怏怏而回。後來收到飛白來信，才知道他也曾到處設法找我。我們竟錯過最後見面的機會。他的信說：

策縱吾兄：

前奉手教，敬悉吾兄方首途來紐，參加現代語文學會，當即電MLA辦事處，數次均無要領。其後電德剛兄探詢吾兄在紐地址，亦無結果。緣慳一面，惆悵不止。近日精神稍佳，將前譯之〈與李生書〉前後加上數段，以竟全功，了卻一椿心事。吾兄所示各點，均頗妥切，舊譯最後一段已依尊意重加修改。譯文另加腳註，須商討處皆於腳註中註明之。陳幼石文頗多新意，然間亦有自相矛盾之處。他日得暇，當詳論之。

惠寄予〈吉川唱和詩〉及〈貞女島小集序〉，藉悉詩文評會盛況，感甚感甚。吾兄論「文」、「道」之源及鮑拉德（不知何許人也）之論「氣」一題，均為弟所關切者，恨不知何日方能拜讀全文耳。施友忠譯〈風骨篇〉將「風」、「骨」譯為wind and bone，亦饒奇趣。弟病中重加迻譯。另日當再奉上。大陸所出《文心研究專集》，語多泛泛。聞此外尚有《文心新書》前冠二萬字之長序，弟尚未及見。弟年來醉心「文心」。兄處如有資料，便中還乞賜示一二。賤軀粗安，秋後可望復原。唯心餘力拙，不無怏怏耳。

　　敬候
春安

　　　　　　　　　　　　　　弟 飛白敬上 1 · 27 · 71

嫂夫人及二女公子均此問安

　　飛白修正後的譯稿〈An Epistle to Li Yi〉比以前更妥貼了，他又附了好幾條雜有中英文的腳註，處處可見他對中西文學批評理論的高度修養和用詞細心之處。例如他把「書」字譯做Epistle，便因Horace，Cicero，Pope及其他西人也都有論文的書信，因循舊例沿用此字。又如韓文開頭說：「生之書辭甚高，而其問何下恭也！能如是，誰不欲告生以其道？道德之歸也有日矣，況其外之文乎？」這裏緊接着「道」字而用的「道德」一詞，究應作何解釋實成問題。而「有日」一詞重易引起誤解。飛白把「此處」的道德譯做Wisdom，並特別用大寫開頭，可說巧費經營。他不把「有日」當成「已」有日矣解，而作為「不久即可」歸解，但也不抹殺另一解釋的可能理由。這都表示他細心謹慎處。他這下一句的譯文是：

The return of Wisdom (tao-te) can be expected in the foreseeable future; not to mention literature, which is its expression.

這裏也有一條腳註說：

Another reading:「For. it has been some time now since the principles of the tao and the te prevailed. not to mention literature, which is only the external expression of the tao and the te。」（Diana Mei）按此句關鍵在「有日」一辭。如作「指日可待」解，則為嘉勉之辭。如作「已有日矣」解，則似暗喻古文運動。取捨之間，頗費周章。又：「道德」一辭，此處似可譯為Wisdom。Wisdom 由wise與dom合成。wise原意為way，今日英文中之sidewise，likewise 等仍保留原意。Dom則為 jurisdiction，domain 之

意。與昌黎所云：「由是而之焉之謂道：足乎己，無待於
外之謂德。」不謀而合。唯近人言 wisdom 者，常與「世
故」（worldly wisdom）相混，故將 Wisdom 大寫。

　　我請飛白先譯韓愈，是因為覺得韓文初看容易，其實很不易
解。再方面，飛白對古典主義和正統派文學思想了解深切，所以要
他先來勉為其難。其實《文心雕龍》，自然是更重大的作品，必然
更適合他的興趣。果然，他信裏就表示「醉心文心」。王利器的校
訂本《文心雕龍新書》和《通檢》，我早就藏有原版，後來臺灣翻
印成合訂本，我又買了許多本分發給學生，只可惜翻印本删去了前
面那篇很長的〈敍錄〉，本想等飛白健康恢復後把這書寄給他。四
月裏我去信談到這事，並問起他〈風骨篇〉的英譯。不料他來信說
右足生了個纖維瘤，又要開刀，本想去日本休養，也一時不能成
行。他的信說：

策縱吾兄道鑒：

　　四月六日賜寄大作二首，四月十二日航函前後收到。
今日又拜讀〈文道探原〉，不勝感佩。「文心」，後半廿五
篇，前後貫穿，所用術語亦多互相發明之處。前譯〈風骨
篇〉，其中甚多不妥之處，容再修改，另郵奉呈。月初弟右
足生一fibrosis，行不便，恐須割除。內人下月初赴港探親。
待內人返紐後，弟方能決定東行日期。匆此，餘容續陳。

　　敬祝
教安

　　　　　　　　　　　　　　　　弟 飛白敬上 4・23・71

　　這信以後也許還收到過一些短信，一時查不到了。從信裏知道他確已譯完〈風骨篇〉，一九七二年三月二十八日我收到飛白去世的噩耗後，當天去信在紹女士弔唁並問起這件譯稿，盧太太四月八日回信說，一時竟未查得。真是一件大損失。我現在就用「風骨」兩字來做此文的標題，來表示飛白做人的態度，一方面是想像他喜愛這個觀念，又最適合於他的個性；再方面，也算是紀念他這一段失去的心力。

　　像他給我的第一封信裏所說的，飛白對中西文學思想都有興趣。但他來威大之前，主要興趣還是在西洋文學批評。一九六八年秋天他對我說，他計劃要寫三部英文書。艾略特的詩論是第一部。其次便是柯立芝的詩論。第三部還沒有着手。有一天他在我書架上看到雷恰茲（I. A. Richards）送給我的好幾部他自著的書，上面有他的親筆題字。飛白見了很感興趣，說他將來打算要把雷恰茲的全部著作看一遍，做一徹底研究。雷恰茲和艾略特是當代英美兩個影響極大的文學批評家，雷本人也是詩人。他的最大貢獻是援心理學入詩論。他的理論對艾略特也頗有影響。一九六〇年倫敦《泰晤士報》文學副刊評介我的《五四運動史》時，同期載有國詩人奧登（W. H. Auden）評介他新出的詩集，所以我特別注意。他曾在中國一九三一年還發表有《孟子論心》（Mencius on the Mind）一書。所以對中國文學思想也很有興趣。他在哈佛大學教書多年，時常到我們的辦公室來談天，同吃午飯。有一個時候他曾計劃和我一同研究分析中國古代的文學思想和哲學觀念。可惜不久我便到威大來教書，他也應非洲的甘那（Gana）政府邀請，去訪問教學。我們的研究計劃就沒有結果了。飛白對他的理論素來就注意，讀過他的好些著作，若來研究批判，最為適當。我也曾鼓勵他。但後來我們討論中國文學思想的次數愈來愈多，我又約他翻譯，所以他的興趣也逐

漸偏到中國方面來。我想以他來研究《文心雕龍》，由於他對西洋
文學批評的熟悉，一定會有許多新的發現。不料天不永年，真不免
有「長使英雄淚滿襟」之感。

　　飛白對中國新詩和文學評論，已有可觀的貢獻。他如再多活十
年二十年，成就更不可限量。而他尤其值得我們紀念的是他的人
格和風骨。近二十五年來，中國知識分子在海外吃了千辛萬苦，
到處走江湖，打天下，到處對學術、教育、文學、文化有貢獻，
有多少可歌可泣的事蹟。但也有不少投機取巧的人，飛黃騰達，
到處出風頭。飛白代表那最好的一部份，也代表我們傳統知識分
子最優秀的風格。不輕浮，不降志，有所不為，有所不說。只是
切切實實想問題，做自己的工作。對外人對國人都不卑不驕，和
藹可親。凡是重大問題，他多自有看法，但他的思想十分開明，
絕不拘執，絕不強人同己，尤其不做無邊際的誇誇之談。我們不
必要同意他所說的一切，他也不願人家毫無己見。平常他好像沉
默寡言，在大群裏顯得有點羞澀，可是與相知者話到契合時就娓
娓不休，可與忘形同樂。像他這種不善也不願逢迎自炫的人，宜
乎不易為社會一般人所知賞。然而他這種人真可說有新國士之
風。我雖和他相處不久，但他的去世，對我精神上和工作上的打
擊卻真是大極了！

　　現在飛白的作品經潤華搜集在一起出版，讀者從這裏自然可
見到他的一部份思想、情緒和風格。但這些並未盡飛白之才，也
還不是他學問和人格的全部。對這樣一位可親敬的詩人、學者和
國士，對這樣一位死去的好友，我無法全盤介紹，只好借集劉勰
《文心雕龍》、〈風骨篇〉和鍾嶸《詩品》評上品陸機的兩句話
來禮讚：

風清骨峻，

才高詞贍。

　　　　——一九七三年元月五日於陌地生之棄園

論詞體的通名與個性——金雲鵬著《唐宋詞評論書目》小序

原載於《詩學》第一期，臺北巨人出版社，一九七六年十月。

詞的不同名目

作為與詩有別的詞，從它發展的初期起，就有了好些不同的名稱。只要隨便一查，就可找到二十四五種以上，前人都曾用過，作為詞的通名或別名。

這些早期的名稱，包括「詞」這一名號在內，大多含有歌或歌辭的意義。例如，從唐、宋以來，往往有人把詞叫做「曲」、「今曲子」或「雜曲」。也有人把它叫做「曲詞」、「曲子詞」或「私客曲子詞」。有時則直稱為「歌曲」。有少數詞人甚至把他們的詞集定名為「樵歌」、「漁唱」，甚至只簡單地叫做「詠」。這些當然表示他們認為詞和供唱的歌曲有關係。

在別的例子裏，有些名稱卻暗示有人認定詞是從古代的樂府演變而來的。宋朝有些人詞人往往把詞就叫做「樂府」。另外一些人把它叫做「新樂府」，或「近體樂府」。還有一些宋代的作家，為了着種指出詞的音樂性，便用「樂章」或「遺音」來題他們自己的詞集。一小部份的詞人竟把自己的詞集題做「琴趣」、「笛譜」、「漁譜」或「鼓吹」。後來也有人把詞只叫做「新聲」。

有些時候，為了標出詞句或音節的長短參差不齊，像大家都知

道的「長短句」就成為詞最流行的另一名稱。另外許多人認為詞是從詩引出來的別體，所以常把它叫做「詩餘」。

上面這個名單已經夠長了，但我們還不妨指出極少數詞人還用過一些更花樣翻新的名兒。他們把自己的詞叫做「山中白雲」、「綺語債」、「語孽」或者「癡語」。他們用這種花名兒固然不見得是要作為詞這一體制（genre）的通名，但至少可以表示詞人們有時把這些當做他們自己所作詞的特徵。

詞的起源或在唐代以前

這一詩歌體制的名號雖然曾經是這樣多而且雜，但到底詞這個名詞總算成為這一體制最常用的通名了。固然我們還不能準確肯定這個通名從甚麼時候開始成立，我頗相信，也許與當代許多學者的意見相反，它可能是在唐朝時代，或甚至是淵源於更早的一種傳統，逐漸採納而成的。

我們可以找到，有些最早的詞，已經在題目裏或詞句裏就叫做「詞」。唐朝的劉肅（元和中，即公元八〇六至八二〇年間任江都主簿）所著《大唐新語》一書記載說，景龍（七〇七至七〇九）年間，李景伯等曾著〈回波詞〉。別的書裏也有類似的記載。張說（六六七至七三〇）的〈舞馬詞〉、〈樂世詞〉、〈破陣樂詞〉和〈踏歌行〉是另外的例子。敦煌卷子所錄曲子詞也有〈樂世詞〉、〈水調詞〉和〈劍器詞〉諸題。這些固然是六言或七言的絕句體，但像張說的詞，加上五字的和聲，便很像早期的長短句詞體了。別的例子也許還可在中唐時期找到。張志和（七三〇至八一〇）作的〈漁歌子〉，有時題作〈漁父詞〉。在宋版韋應物（七〇七至？）

的詩集中也有〈調嘯詞〉的名稱。這兩種都已是定型填製的長短句詞體。稍後，白居易（七七二至八四六）寫了不少題作「詞」的作品。他的朋友劉禹錫（七七二至八四二）在好些場合裏提到這種詞調的時候，也把它叫做「詞」。我相信，大約在第九世紀時，「詞」就逐漸成為這一詩歌體制的通名了。

詞的起源推測

「詞」這個字，從《說文解字》和許多古書中的用法來看，在古代的意義，有時是指驚嘆詞或助詞。此外還有別的含義。而且就現有的材料和研究，已大致可以肯定，「詞」在古代有個時期和「辭」是一個字。《說文解字》記載「辭」的籀文從司。金文從司作的這字很常見，和「詞」字的字型很相似，並且與「辭」同義。可見「辭」和「詞」本來是一個字。辭字在古代除了作語助詞、修辭和訟辭等解釋外，往往指祭祀或卜筮中祝禱用的有詩歌形式的篇辭。在周代或甚至以前，有「祝致辭」的傳統。《易經》裏有卦爻辭和「繫辭傳」。據我的研究結果，古代巫祝所致的辭，本來常與婚戀、生育、喪祭等牽涉到情感的事有關。到了周末漢初，「辭」字往往用來指中國南方的一種抒情詩。這表現在漢武帝（公元前一五七至前八七）所作的〈秋風辭〉和《楚辭》的書名。後來到了魏、晉、南北朝和中唐時代，當「辭」字與「詞」字比較更常區分使用，而且「詞」字愈見流行的時候，「詞」字就往往替代「辭」字用來標稱情詩、輓歌或其他比較輕豔婉約富於想像的抒情詩體。這樣我們就有了許多題做「輓歌辭（或辭）」和「宮詞」（白居易的〈吳宮詞〉有時也題做〈吳宮辭〉）或「春詞」一類的作品。

從上面這一簡略敍述的歷史發展看來，我以為當「詞」這一名

稱逐漸成為長短句這一詩歌體制的特別通名時，那些傳統的情詩和其他婉約輕豔富於想像的抒情詩的個性，可能也已影響了早期創作這一長短句詩歌體制——即我們今天都叫做「詞」的詩歌體——的作品的詞人，雖然這種影響也許只是下意識的。換句話說，就是那些現在通稱為「詞」的新的抒情詩歌體之形成，不僅止起源於民歌、歌詞、樂府的傳統或受了外來音樂的影響，而且也有一部份是從過去婉約的情詩、豔體詩、輓歌等抒情詩，即往往稱為「辭」或「詞」的詩歌傳統，所發展而來的；雖然這種發展也許在形式方面的影響比較小，在情趣色調方面的影響比較大。這樣說來，詞體的發展，不僅牽涉到「詞」這一體名的採用（這種採用自然一部份仍源於歌曲之詞，另一部份也可能源於早期的詞名），而且還一部份沿涉到較早期常以「辭」或「詞」為名的抒情詩歌的種類和個性。

這一假設能否成立當然還有待於進一步的研究。不過我想這個建議也許可以幫助說明，至少部份地說明，詞這一體制大多偏重婉約豔麗或富於想像的抒情的性質。

上面這個問題只不過是探索研考詞的歷史與體性時可能發生的許多問題之一。這種研究將牽涉到許多資料。研究者顯然需要一些充分的書目。可惜這種書文目錄還很缺少，尤其是用英文寫的有關詞論研究的書目，一直還沒有。美國青年學人金雲鵬博士的這本小書應該很適合這需要。固然它並未求十分完備，但能給研究唐、宋詞的人許多方便，卻是毫無疑問的。（此序原為英文，現經作者譯成中文。）

《人間壯遊》序

原載人間壯遊：《聯副三十年文學大系，散文卷》〉，臺北：聯合報社，
一九八一年十月。

　　《聯合報》副刊把三十年來登載過的散文，選編成一集，要我
寫一篇序。我初時不敢答應，恐怕無話可說；但主編瘂弦把校樣翻
給我看，並且說，這集子就依金耀基教授文章裏引用過王雲五先生
說的一句話：「人之一生，無異長期之遊覽。」定名做「人間壯
遊」。我乍讀一遍，見其中絕大部份都是對當代人物的回憶，少數
述論歷史人物，不少的談到民俗和神話，也有一些報導社會與大自
然事態，大多活潑有趣，也突然引發我無盡的感慨。

　　我十來歲的時候，有一天，忽然看見父親在一塊磨得光光的
樟木板上親手刻了幾個大字，填上蒼綠色，爬上樓梯，懸掛在堂
屋裏，登時使整個屋子現得古樸雅致起來。匾上刻的是「倦遊別
館」四個字。父親從小喜歡遊覽登臨，怎會「倦遊」呢？後來我
才發覺，他所說的「遊」，正如杜甫說的「彩筆昔遊干氣象」的
「遊」，還包括「交遊」、「遊宦」、「遊歷」等種種含義。

　　也就在那時老師教我們兄弟抄讀李白〈春夜宴桃李園序〉，我
們要高聲背誦：「夫天地者，萬物之逆旅；光陰者，百代之過客。
而浮生若夢，為歡幾何？古人秉燭夜遊，良有以也。……」這些名
句使我第一次領會到中國古人把世界比做一個大旅館，把時間比做
一個匆忙的旅遊者。父親是個書法家兼詩人，又介紹我欣賞王羲之
的〈蘭亭集序〉，這位書聖，一開始原說：「是日也，天朗氣清，
惠風和暢，仰觀宇宙之大，俯察品類之盛，所以遊目騁懷，足以極
視聽之娛，信可樂也。」這明明講的是遊覽風景，可是接下去卻

説：「當其欣于所遇，暫得于己，快然自足，曾不知老之將至；及其所之既倦，情隨事遷，感慨係之矣。向之所欣，俛仰之間，已為陳迹，猶不能不以之興懷；況脩短隨化，終期於盡。古人云：死生亦大矣。豈不痛哉！」這就巧妙地把遊覽、經歷一下引伸到整個人生，把老莊哲學中的「化遷」觀念，剎時間具體化、情感化起來，於是人生真是一命定悲壯的旅遊，使人不能不感到「後之視今，亦猶今之視昔。」

人生如旅遊不只是一種抽象的或形象的觀念，實際上，這包括時、空、人、物的變遷和經歷，乃是古今中外主要文學作品中一個主要因素。遊、歷，多少巨著不以此為主題？荷馬的史詩固然如此，浮吉爾的《伊尼兀德》，但丁的《神曲》，歌德的《浮士德》，西萬提司的《唐吉訶德》，拜倫的《唐璜》等，又豈不如此？中國最早的故事，像《左傳》描寫晉公子重耳亡命各國，屈原創作〈離騷〉、〈遠遊〉、和〈哀郢〉，唐代推出《遊仙窟》，以後如《西遊記》、《水滸傳》、《老殘遊記》等，多以遊歷或出亡為題材，更不必説了。便是《紅樓夢》也只是記錄那石頭「親自經歷的一段陳跡故事」，而嘆息着「浮生着甚苦奔忙」，把人生看成辛苦奔走。十六世紀西班牙發展一種「流浪漢的遊記小説」，固然只限於下流人物。但現代西洋研究講唱通俗文學者，卻也多用「遊歷」作為一種説部的模式來分析。

從上面所説的兩個角度來品讀這個集子的諸文，似乎也可別有會心。就是一方面體會這裏面描述的人生萬態，盡是驚心動魄、悲歡離合的壯遊；而另一方面，這些筆底形形色色的人生之遊歷，又正不失為瑋麗悲壯的史詩，讀了可以使人笑，使人歌，使人哭。

　　這集子裏最能感動人的作品，就我看來，是懷念親友師長的幾篇。幾位女作家特別出色。俞大綵女士說她是第一次寫紀念文字，自己又「拙於寫作」，但她追憶丈夫和弟弟的兩篇，的確親切，流露至性至情，也使我們如見其人如聞其聲地認識到那早年說過中國「家庭為萬惡之源」的傅斯年先生，在中晚年對傳統家庭生活卻多麼固執和誠摯。她描寫童年和弟弟大綱的瑣屑細事，娓娓道來，也不失為天地間至文。太乙和海音兩位林家小姐把她們的父親寫得各有千秋。又如張秀亞女士筆下的老師突出了個性。林文月女士適切地寫出了對她世伯一段美好的記憶。陳香梅女士給徐訏先生一段簡潔的描述。蘇雪林女士懷念一個窮困的老友。都值得我們細讀和回味。

　　這裏有許多篇都記述當代突出的學者、作家、和美術家。有些細小事故，最可看出他們不同的個性和一生大處。像錢穆先生那麼擔心林語堂先生手指間煙頭上長長的煙灰，一方面現出他心細如髮，同時也在無形中表現出兩種不同的人物風格來。陳之藩先生恰當地刻畫出了作為啟蒙思想家和學者的胡適之先生，與詩人氣質怎樣不相調協。王志維先生提到胡先生早年就有個夢想，要使中國建設幾個世界上稱得起第一流的大學，現在時過六七十年，這個夢想仍有待我們大家來改變成現實。這更叫我們懷念這集子提到的幾位前輩教育家：林語堂先生特別指出蔡元培先生兼容並包和獨立不屈這兩重個性。今天中國多麼迫切需要這種人物來保障促進我們的學術自由、思想自由！

　　這集子裏找得到書法家于右任和莊嚴先生的心跡，也可以見到畫家溥心畬和林風眠先生的風趣。也有出版家、小說家、劇作家、音樂家許多動人的業績。比較特殊的還有詩人楊牧深微塑繪了一個絲毫不苟的外國漢學家，很可代表我們傳統觀念中的「敬業」精

神；司馬中原先生用感動的筆觸也介紹了一個生死不渝的外國在華的傳教士，又可代表我們的「樂群」精神：使我們自己不免慚愧，有禮失而求諸外之感。柳無忌教授檢討他一生和蘇曼殊撲朔迷離的關係，往往令人失笑，自是「文」難再得始為佳了。

最可發人深思的是喬志高先生筆下的老舍和曹禺先生由美歸國的情景。近代中國有點像一個悲劇大舞臺，知識分子往往充當悲劇腳色。這又使我想起，這個集子裏所介紹的當代人物，幾乎都是高級知識分子，也多是我所親身交結或私淑過的。他們的理想多半是要獻身於群眾，而在富教兩缺的環境裏，群眾都受少數軍政野心家控制，反而把有風骨氣節的知識分子當作了犧牲品。這樣的犧牲者值得我們同情；但是他們起初卻往往為自我獻身的熱忱所蔽，不自覺地助長了志在控制群眾的野心家，反而促成了其他知識分子甚至自我的毀滅；對群眾，也更延長了他們受控制的命運。中國許多知識分子是應該反省了。這個集子裏的人物固然多不像老舍那樣結局，但在這時代裏他們的遭遇仍然難免是悲劇式的，像莊因教授記述他父親輾轉播遷，始終不忘故土，這裏有多少真摯高尚的心靈，在流亡的懷念情緒下，度過了一生的壯遊，這些愛鄉土的旅遊者，我們呼之欲出！

因此，我們細讀這裏有關民俗和神話的作品，益發了解作者當時寫作的心情，這些也特別容易引起我們的懷鄉病和思古之幽情。齊如山、王壯為、唐魯孫、袁錦波、王孝廉先生和侯榕生女士等所描述的，將永遠像我們小孩時聽母親說故事一樣，百聽百讀而不厭的。

蕭公權著小桐陰館詩詞序

原載《蕭公權全集》之二《小桐陰館詩詞》，臺北：聯經出版事業公司，一九八三年五月。

　　自民初新文學運動興起以來，國人述論當代中國詩者，多不舉舊體詩詞之創作，似從茲以降，舊詩已無詩人可言。此自不為無故，蓋古典語言往往有不足以暢達近代新事物之境狀，與近代人複雜之情感者；且高才俊彥，已群騖新體，而專為舊詩詞者，多無創新之意境。於是述近六十年中國詩史者，恆不計舊體詩詞。然此時才俊之士之已有他成就者，又往往於舊體仍優為之，其聲名既已先彪炳於新文學、新學術、新政治、或新事業，故其舊體詩詞之得以流傳，恍若僅因他而致，而於其詩詞本身之真價值則無與焉。此其然，豈其然哉？

　　夫中國之文言與白話，並非兩種不同之語言，而實為一種語言並行之兩造，數千年來，根源一體；即同時並用於寫作，至少亦千餘年，各紓所長，各盡所能，以便於通當時與古今之情思。此與西洋近代英、法、德、西、義語之取代拉丁文，未可完全相提並論。且漢語單字一音，平仄抑揚，自來為常，舊體詩詞緣此以建其音律，益以文言精簡，故三四千年來，詩人雖另有口語，而詩歌則多用文言，名篇美製，不勝枚舉。今人不察，往往誤以為古人用文言寫詩，乃由於文言乃古人之日常口語；而今人之日常口語既已為白話，則自無復用文言寫詩之理。殊不知屈宋、陶謝、李杜、蘇陸，以至於二主、二晏、蘇辛、周姜、李清照、吳文英，及高啟、吳偉業、納蘭性德與龔自珍等，日常對話，自有其口語，然仍用文言寫詩填詞；且彼時口語與文言為漢語並行之兩支，與今日尚不無類似之處。今中外學人固仍群相推重李杜諸人非其口語之文言創作，甚

至明清詩人之美製，《紅樓夢》中之詩詞，亦多受譽揚。夫曹雪芹之口語，應近於寶、黛之口語，亦近於吾人今日之口語，而遠於「咏菊詩」、「姽嫿詞」、「芙蓉誄」、「葬花吟」所用之文言，乃明顯之事實。然曹雪芹自用白話寫小說，卻於書中夾入文言詩詞一百六十餘首，對聯酒令等更無數計，且各極其妍。雪芹之情感意趣，亦仍與今日吾人之感情意趣有相通之處。則遽謂今人不能以文言創作好詩好詞，且凡今人所寫之文言詩詞，即不入中國文學之林，非中國詩史之一部份，一如近人作中國文學史者，往往只述唐詩、宋詞、元曲，而於宋以來之詩，元、明、清以來之詞，則隻字不及，此豈平情合理之公論乎？

予素為此說，固非謂舊體文言可盡寫吾人今日之景與情，亦非謂今日詩人仍必須以文言舊體作詩也。今漢語多音節之詞彙日增，國語入聲不存，已難合於舊體詩詞之格律。然此種情況，宋、元以來早已發生，而舊體詩詞仍能存在，且迄今猶為多人所愛好。此決不能無故。蓋凡此種種古今語言人事之變易，仍不礙文言舊體詩詞可妙達情景之某一部份，甚且此某一部份之情景，亦唯有文言舊體詩詞最能美妙表達之也。文言與白話，各有其功能規律與短長，宜於此者不必宜於彼。文言於他體已多不適宜，自不待論。然詩有尚精簡朦朧玄妙之境與言外之意者，則舊體詩詞自有其特別適用之處。故凡某一情境意趣可以白話新詩寫出者，不必能以文言舊體詩詞細盡之；另一情境意趣可以文言舊體詩詞鎔鑄者，亦不必能以白話新詩透露之。此所以無數舊體詩詞名句，一譯為白話，即失其趣麗，反之亦然。故舊詩與新詩，略如水墨與油畫，各有其用，未可是丹而非素，因甲而廢乙。亦不能謂今人與後人決無寫出舊體好詩好詞之理。此舉容或難能，然亦未嘗無可貴者在焉。

　　以上所論，蓋有深慨於今人既知重古人舊體詩詞之美好，獨於今人之舊體詩詞則盲然不顧，不就詩論詩，而徒以古今人辨詩之優劣，視舊詩如骨董，而忘其真美之所在。曩予與迹園蕭公權先生論詩詞，往往以此意請益，寄之詩且有「待作古人詩自貴」之憤慨語，而嘗蒙嘉許。今迹園已作古矣，其門人汪榮祖教授輯其遺作，合《迹園詩稿》與《畫夢詞》，都為一集，顏曰《小桐陰舘詩詞》，將付梓，丐予為序，予感念與迹園商榷詩詞，激揚風雅，垂二十年，既以其所為雖屬今人之作，已自難能可貴，況今已作古人，予豈能無一言述其佳什，以驗吾說之有據。

　　緣迹園所作，雖恪遵舊體，時驅故言，然其勝篇警句，無不意新境深，格高調寒，言外不盡，可與古來佳作並美。推原其故，殆由於不拘一家，凡古今中外之慧思美意，麗藻希聲，皆博取精錬，力求不落恆蹊，更進一層，是以能有所創獲，而不覺單薄。正如其自家所云：「大樂八音須迭奏，清商獨弄久為嚚」也。試觀其早歲之作，如「波平星有影，峽靜夜無邊。」「蜀山隨地盡，江水入天渾。」能狀景之壯闊；若「樹陰浮道綠隨馬，花影漾波紅上衣。」「月迴人影連花密，風送衣香隔水寒。」則能有細膩之致；又如「彩鳳飛時星點點，華燈炧後月匆匆。」則更能渲染華麗，妙現繽紛。蓋於盛唐、晚唐，各有所得。至其題《吳宓詩集》之作，以柏拉圖之文藝思想入律詩，略無斧鑿痕；偶然以詞體譯英詩，亦頗能鎔新意於舊體，要不失為一種嘗試。是又能兼取兩宋詩詞與西哲英詩之長也。

　　入蜀以後，得山川史蹟之感興，詩友詞客之品勵，所作尤多警策。如〈殘燈〉詩中「日月光都熄，羲皇夢不經。」誠有囊括宇宙，包舉古今之概。「勞生摧髮短，冷被奪心溫。」簡切人生。疊慳顏韻〈囈語〉、〈夢破〉諸作，雄鬱莽蒼，感慨縱橫。已如朱

佩弦、鄭因百諸君所論。他若「圖書屢為移家損，親友多因避亂逢。」寫亂離深切冷雋，而富於反諷。又如「古人先佔名山去，孺子都爭脫穎來，萬卷誰開生面目，百花輕換舊樓臺。」則俯仰古今，自見甘苦。他若「飛花搖落日，流水勸覉人。」若「庭花紅漲高低樹，窗影輕浮遠近山。」若「殘日無聲落，寒蟲有味哀。」若「淺水生漪綠未圓」諸句，狀物入微，移情幽遠，倘換作白話或他語，必不能簡鍊臻此勝境。外此如〈婦詈〉、〈代婦詈〉，讀之令人失笑：「惡詩泥客番番和，好酒從妻絮絮謀。」善狀憨態情實，直逼少陵、義山，然自是迹園之詩也。而「清秋病起池邊立，風落花沾水底身。」尤蘊新境可喜。

至若迹園之詞，予嚮謂其〈鷓鴣天〉中「斜陽樓閣都成血，細雨關河欲化煙」之句有華嚴境界。此特其一面耳，若讀至〈浣溪沙〉之「微有雨時嫌袖薄。」「嬌從側面愈分明。」〈臨江仙〉之「雨絲淺繡六朝山。」則嬝娜如十三女兒，纖麗可掬。而〈浣溪沙〉中「已遣懷從春後惡，還教愁向酒餘醒，閉門無語立幽庭。」〈瑤臺聚八仙〉之「指點風梯曾上處，冰霞記落滿襟寒。」則述幽懷如訴。〈鷓鴣天〉：「捲簾誤放秋風入，碎葉驚飛滿屋霜。」又「客無多夢難為好，春有餘花但解飛。」是的能作苦語而深婉特饒風致。至如〈踏莎行〉上片：「麝墨磨香，藤牋琢句。閒吟送了黃昏去。斜陽顧惜倚闌人，匆匆落向山多處。」典麗類北宋大家之作。〈聲聲慢：感事賦楊花〉」通首意緒蒼莽，感興深遠，差可與章質夫、蘇東坡、王靜安〈水龍吟〉詠楊花媲美。迹園之詞，自錦城至於金陵，及遷臺旅美以後，往往由婉麗而益趨蒼涼，殆身世變遷，有不得已者在歟。

然迹園雖終身醉心於舊體詩詞，固不以詩人詞客自居。而平生

志學，於中西哲理之短長，政治社會之得失，知之素深，憂時患世，終生以之。故發為詩詞，有佳勝者輒沉宏蒼鬱，穠麗秀婉，無施不可。蓋養之有素，其風格如其人，亦如其學。所作往往可與古之名篇方駕，未可以其為今人之舊體而歧視之。世之深讀迹園詩詞者，當不河漢斯言。

癸亥孟夏，祁陽周策縱。

《雜體詩釋例》序

原載何文匯著：《雜體詩釋例》，香港：香港中文大學出版社，一九八六年。

何文匯博士考古今雜詩，得六十餘種，存其有體制可法者，亦四十有奇，類為七體：曰離合，曰回文，曰集句，曰雜嵌，曰雜聲韻，曰雜言，曰風人。辨體析義，溯源竟流，凡漢魏至唐宋有關諸文獻，無不網羅，精予考訂，都為一集，題曰《雜體詩釋例》。以余嘗讀其稿，今殺青付梓，問序數言。余固樂於斯道，誼不可無一言。

夫所謂「雜體詩」者，世人恆以文學遊戲視之。然德國詩人哲學家席勒嘗曰：文學起源於遊戲。此說雖不必全真，惟亦可占文學與遊戲，猝難分割。孩提嬉擬，與詩人、小說家、劇作家、演員之幻想，論其性質，相去實無幾。於此益足見文學遊戲之不可免，而遊戲文學亦自然足存。斯道在世界各國文學傳統中殆皆有之。

然中國遊戲文學，異體別裁，鍊鑄精美，要稱特異。而雜體詩中如回文、集句之類，佳作霞蔚雲蒸，自成文學絕構，尤未可以遊戲小道而輕估之。推原其故，少計且八：一曰字為個體，前後左右上下曲直，無不可通行；二曰音節單離，聲調高低長短，抑揚輕重，便於排偶組合；三曰韻豐多而易趁律；四曰文法簡活，義不變形，位不更字，機靈自如；五曰通貧士帝相文武，諸業群流，以詩詞曲賦自娛者眾，久成風習；六曰誼重倫常，親朋上下唱酬，投贈頻繁，交相愉悅；七曰詩酒並行，歌樂相將，興會所之，嬉遊益作；八曰詩文與日常人生實用不離，誕壽婚喪，歡哀託物，山川名勝，樓臺桓表，聯語銘題，無遠近大小而弗具載，雖晝夜燕居行旅

亦可觀賞，耳目濡染，又皆足以觸發遊戲之作，而得以保存流傳。

　　職是，自漢魏以降，雜體蜂起。劉勰《文心》，嚴著作之界，不忘標舉其原。蘇蕙回文，繡口錦心，感發百代。歷唐宋元明清，迄於近世，疊有新製。若陸龜蒙，皮日休、蘇軾所作，即就詩而論詩，亦無愧為佳什。至於離合、嵌名諸體，則雅俗咸宜。《西遊記》有藥名之謎詩，《紅樓夢》有拆字之冊詞。他如集句，傅咸採擷經典，世傳王羲之為之手書。王安石自視工於此道，集成《胡笳十八拍》，天衣無縫。文天祥雖在獄猶集杜。梁啟超雜集詞聯，寫贈時人，至今海內外收藏者尚夥。凡此並皆傳為美談者也。

　　竊謂雜體詩之製作與閱覽，固賞心樂事，足以替博奕而遣有涯之生。然又未必止於此者。嘗以為中文實多彩多姿，倘參以數理電算之術，巧為組合，則其未來之發展與成就，殆無有底止，將自成一科。故宿有「無極文學」之論，意欲獻芹曝於世人。

　　又以為，雜體詩之所以可貴，猶帶腳鐐而舞，以其難能也固矣。然進而論之，則雜體體制之所以足存，必由於可能依之以成優美之作。而其美又必務為孤詣鮮潔，幽深要窈，如空谷芳蘭，石隙古松，霜中傲菊，亦如東方美人之婉約羞澀。設非能此，則體非上乘，或所製猶未臻極致耳。繩以此度，則回文與集句，於諸雜體中實最足珍貴之體也。

　　憶多年前，歐美有數理、語言、文學家若干人，組織學會，欲以科學方法，窮研西語回文雜體，頗轟動一時。余與友人亦商組中國回文學會，並擬擴充為無極文學會，謀包括雜體詩各類，以數理電腦之術，探深窮奇。時海外有意加入者，頗不乏人，推余總持其

事。乃朋輩遠離，老成又多凋謝，人事倥傯，卒未克竟其志。而嘗欲有所述作，亦終阻於俗冗。迄今念之，每為內熱！

今文匯老弟英年俊發，才藝俱多，以其緒餘為此書，宜可以益大雅之興會，促斯道之發揚。當其校定出版之際，既綴數言，復製雜體七律一章，以嘉其成：

「無極」用回文體

觀奇歎止溯源泉，雜藝微幽造絕巔。
寒逸傲凝霜菊瘦，婉深孤潔露蘭鮮。
難能可貴詩緣體，妙極無窮境入玄。
翰藻競妍瑩組繡，殘燈詠盡擲華年。

回讀

年華擲盡詠燈殘，繡組瑩妍競藻翰。
玄入境窮無極妙，體緣詩貴可能難。
鮮蘭露潔孤深婉，瘦菊霜凝傲逸寒。
巔絕造幽徵藝雜，泉源溯止歎奇觀。

周策縱
一九八一年十月五日，於香港沙田雅禮賓館。

題夏完淳集

寫於一九九二年九月四日。

　　柳無忌教授寄贈白堅先生著《夏完淳集箋校》，予六十年前讀夏集，感觸猶新也。夏存古（完淳）（一六三一至一六四七）四歲時（用實年，下同，中國舊稱五歲），七十七歲而著作博雅、名重一時之陳繼儒（一五五八至一六三九）見之，大為驚咋，為撰〈童子贊〉四章，稱之為「童神」、「童聖」，謂其「講上下《論語》，宿儒弗及。」見嘆曰：「實所謂不可思議也。」錢謙益（一五八二至一六六四）贈詩亦云：「不見軒轅後，天師稱小童。」迨明室傾亡，其父參預反清復明失敗，自沉殉國，存古亦十四從軍，戰敗亡命，十五作〈大哀賦〉，凡四千餘言，痛陳明室衰敗之故，與家國之哀思。方之庾信〈哀江南賦〉，慷慨沉痛，猶有過之。十六歲被捕就義之前，猶著《南冠草》一卷。其〈遇盜自解〉七律中有句云：「綠林滿地知豪客，寶劍窮途贈故人。」豪情壯概，可見一斑。夏允彝（一五九六至一六四五）、夏完淳父子在江蘇松江故居之墓，曾於一九五一年被盜云。

　　　　南冠神聖是提孩，
　　　　血淚雄文賦大哀。
　　　　苦月寒霜凝正氣，
　　　　破家亡國作奇才。
　　　　雲埋盜塚群梟逸，
　　　　海祭遙天故劍灰。
　　　　今夕重吟三擊節，
　　　　西風滿地哭蘭摧。

　　　　　　　　　　——一九九二年九月四日於威斯康辛陌地生

脫帽看詩路歷程——《艾山詩選》序

原載艾山著：《艾山詩選》，澳門：澳門國際名家出版社，一九九四年五月。

「是我！是我！是我敲的門！／ 你聽清沒有？」這詩的聲音，從詩人艾山的筆端敲擊出來，像鐵馬叮噹般響亮。艾山，我們白馬社的一匹駿馬，時代關不住，艱危絆不倒，「我怎能無盡期受錮禁？」我們的詩終於要衝出來，老馬識途地馳騁，在太平洋兩岸的詩壇上。

然而，唉！我們曾走過一長段寂寞的道路，我們把「種子」逆風撒向放逐的曠野荒原，「自從投入你的繡花匣子，／ 授受不親，和一切阻隔！」我們有多少聽眾呢？「遠遠便聞你鼻鼾。」

二十世紀的中國知識分子，尤其是我們這一代的詩人，生活在一個最悲劇的時代，也生活在一個最喜劇的時代，更徬徨於一個最英雄，最平民，和最理知也最浪漫的世紀。我們掉落到一個大世界裏，也有人淪陷進一個極端隔離的樊籠中。君不見，我們有比我們祖先更多的文會詩社，文叢詩刊和書報，可是繭縛我們的又有多少禁籬和心防，黨同伐異詆品。而四五十年代早已流落海外的詩人，更像「絕代有佳人，幽居在空谷」，不免有「零落依草木」的孤寂之感。

所以這次《艾山詩選》的出版是值得慶幸和歡迎的，讓讀者給寂寞的花果投上一瞥，也給近代中國詩史補上一環。

艾山的詩，以至於白馬社和整個海外的詩，無疑地應該是近代

中國新詩的一環，而且他們這一代的詩和詩人，有過墾荒的勞績。七十年來，中國新詩隨着近代西洋詩和五四新文學發展，由早期的意象派到象徵派，到後來的現代派和後現代派，脈絡可尋。艾山和白馬社的詩，也多多少少經歷過這個歷程，而且往往起過一些先驅作用。

早期走向象徵和現代

　　艾山早期的詩，像《暗草集》所代表的三十年代和四十年代，已有超越意象而走向象徵和現代的趨勢。正如書名一樣，清新的語言和意象背後，暗藏着震盪和疏野之氣，用司空圖的品題來說，讀者正須「築室松下，脫帽看詩。但知日暮，不辨何時。」這個集子的語言比較清澈流露，詩人青年的敏感，到處可見新鮮而易於刺傷之處。從兒童和村農，從舟子和海客，從漂泊少年的眼裏去親歷「山居」，去看「古屋」，看「五月」和「殘秋」，去觸覺「白日陰森密林裏，錦茵玲瓏的夜露」，去追尋「海上沙鷗逐浪嬉遊的足跡。」作者的觸鬚探索到人生和自然的多方面，而在〈天心閣〉裏「拔出藏柙的古劍，／讀一頁頁拱衞祖國，流血的歷史，」還有〈春訊〉，卻把那麼傷心斷魂的一刻，點綴在如此良辰美景的賞心樂事裏，自然都是寫抗戰史的優秀之作。像古今來多少詩人一樣，艾山對離別有刻骨之感，如〈石榴篇〉、〈羽之歌〉、〈秋思〉、〈寄——〉、〈魚兒草〉、〈簫〉，還有懷遠的詩，許多都刻劃別離。讀〈石榴篇〉，如讀杜甫的〈三別〉和唐人的閨怨與邊愁絕句。

　　艾山前期的詩，句子長短錯綜雜出，節奏自然，像天風梳林，浪擊海嘯，隨遇而抑揚起止。如〈羽之歌〉最後一節：

我足踏低濕的窪地，

（春底季候裏秋意已朦朧）

望你，望早出的晚星，

家歸的路是瘦長的

冷寞困鎖我，

園門半掩，

屋脊上抹一角

雨後的夕陽，

四野撩人的蛙聲，

這是我們的舊居嗎？

池水已深了半尺。

　　結尾輕輕傳遞了言外不盡之意。詩人也頗擅長寫有情之景，例如〈月明夜〉中說：

蛛網結滿未曾洗掃的門庭

牽牛花有意無意地開

今夜，趁這滿窗的月明

樹枝上黑色的雀影倒射平臺

　　意境冷雋，正像作者自己說的「古渡下，浣完足／鋪開我一份獨自的天地。」可是無論怎樣登高望遠，江山總在萬里外，「江山也倒下了。」所以詩人筆下的風景總是動蕩而憂鬱，如「抱一幅古老的地圖。輕輕地攪碎／記憶裏的清影於無波的水上。」這樣的風景和惑情，在〈寄──〉這首詩裏也微露了出來：

你走了，遠隔着重洋

你作客時留下的雙清圖

仍掛在牆壁的原處——

直到另有一位客人

有意無意地留下

一隻抔子，杯水裏

映照你的畫意……

我才知道：天下

仍有多少等待

跋涉的煙水。

所以詩人筆下的煙水便和人的悲歡永遠糾纏着，看他在〈魚兒草〉裏說：

朋友對我講失戀的

故事我說譬如畫魚

不過儘管詩人「筆底下／ 掀拔大海的尾巴／ 鱗甲輝耀日月／ 綴一顆眼珠子一聲嘆息，」卻仍然說道：「水是夠了／ 忘卻就忘卻罷。」終於透露出詩人的老莊胸懷來。

中期的現代主義風格

艾山中期的詩以五十年代的《埋沙集》為代表，這兒現代主義的風格就愈來愈加強了。詩人對語言更求精鍊，對形式要求謹嚴，對格律更為警覺，又往往以搗碎的意象之眼鏡反映世界，也從事物之燈燭的蕊芯向外燃燒。因此，意象的跳躍，辭藻的濃縮，更為顯著。如〈七夕〉、〈中途〉、〈希望〉、〈忘題〉、〈破

綻〉、〈偶題〉、〈散步〉、〈詩〉、〈路〉、〈種子〉、以至於〈蟬〉，無不在意象之外更追求形式美。

除了這些，艾山似乎也企圖在抒情寫景，創造境界的手法方面，探求別的突破。中國自古以來的詩論重視言志，重視風、賦、比、興之用和自然流露。在西方，像艾略特，曾認為詩必具有緊張（tension）、反諷（irony）、和悲情（pathos）等特質，才能算佳作。自五十年代以來，海外中國詩人，尤其是白馬社同人，在這些方面，都或多或少盡過一些心力。拿這些標準來衡量艾山的詩，他的成就也大有可觀。

艾山素來不忽略賦體之為用，多年以前他和我通訊就討論到這一點。他的一些長詩，如〈天心閣〉、〈老舟子〉等，都往往夾用賦體，不必多説。至於比、興、緊張、反諷、和悲情，卻不妨舉一兩首詩來作證。〈音樂的過錯〉一詩，前面的許多節都比、賦雜用，末了三行：

音樂的過錯
是生來
便吐露喜悅。

這樣一轉作結，便真的「吐露」了緊張和反諷。又如另一首非常圓美的小詩〈希望〉，從首行「希望永遠是嫉妒的」，到接下去的兩個比喻：「像戀人伺候它臉色／又像黑暗中行走在沙漠／不知道路途多遠多深，／腳底盡是重複它的聲音」，都充滿緊張和壓迫感，也含孕無可奈何的悲情。下片首句「而且它始終是自私的」以下略用賦敍，並且逐句加強張力，到末了説：「想到等候時的痛苦

／ 真該另有個希望當報復」。這個構想綻現一種微妙的反諷。全詩給人的感覺是深沉鬱結而精力充沛。

　　艾山這一時期的主力作應該是〈待題（準十四行）〉四首，和長詩〈水上表演〉。亡友盧飛白（筆名李經）已有簡短卻十分中肯的推許。〈待題〉的好處是溶自由詩句法入定形詩體中，這個問題我以前在〈定形新詩體的提議〉一文裏曾討論到，新詩未來的趨向，自由詩和格律詩應該並行不相排拒，而格律詩中的定形，也有容許自由詩句式發展的多樣性。〈水上表演〉通過破碎的琉璃看世界，從混亂中建立新秩序，以繽紛的意象獨創繁縟的詩境。正如詩人自己說的：詩的「語言是平常中的／ 不平常的組合。」（〈詩〉）詩中固然有社會批評的鋒芒，對人生隱含諷刺，但沒有聽任浪漫的熱情放恣無阻，在一定程度上保持着冷眼旁觀的清醒。像他自己在〈萬花筒〉那首詩裏所說的：

> 這樣多迷離的幻影
> 攪亂着自己。我必須從熱鬧中
> 中立。從無數的我中
> 辨別我所屬的真我──

晚期詩透露了較多的教授林振述

　　到了晚期，艾山的詩似乎更多了些哲理，也融合了較多的古典語言和意象。詩人艾山透露了較多的教授林振述。這也許和他多年研譯《道德經》王弼注不無關係，但也許是人生和一般詩人從少年生長進展的常態。西洋文學理論家克羅齊（Benedetto Croce）認為，人的基本精神活動或一般真實只有四種，依下列次序排

列，後一種必依所有前行者為依據：一、直覺——表達（Intuition-expression），二、觀念化（conceptualization），三、一般意願（volition in general），如經濟活動，四、依理性和普遍構想出來的目的之意願，即探求精神真實本身的意願（volition of the rationally and universally conceived end - willing the true self of spirit），如倫理活動——絕對自由。我認為這個次序也大體上可顯示個別詩人精神發展的趨勢。青年期較多直覺表達，稍長時會加強肉體物質的願望，以後將積累稍多的觀念、理知，再後來就有更多的倫理和宗教永恆感。再拿中國傳統哲學來看，如宋朝程頤解說《易經》的咸、恆二卦，讀咸為感，咸卦 ䷞ 兌上艮下，像少女在少男之上。（這是因為八卦的每一卦三爻，都由下向上算起，依次像人生的長、中、少，兌卦上爻是坤，坤為女，故兌為少女；艮卦上爻是乾，乾為男，故艮為少男。）《易經》平分為上下二經，咸卦為下經之首，依程頤的說法，這是因為男女初交之始，以誠感相應。繼以恆卦，恆者常也。恆卦 ䷟ 震上巽下，像長男在長女之上，乃夫婦之常道也。用這個解釋來說明戀愛和婚姻，從純粹感情發展到恆常關係，似乎也不是全無道理，並且和上面所引克羅齊的精神進展說也頗有可相通之處。若拿來說明詩人一生詩風的演進，更能幫助了解欣賞艾山前後各期的詩。

所以在《明波集》裏，我們就可讀到像〈心的綠原〉能用比賦的手法刻鏤智慧成「顆顆晶瑩的露珠」，向世界宣告：

我的心是細草
試探每個大地的空隙
為一切有生命者鋪設途路。

也讓我們領會得詩人從「門與窗」裏窺探到現代都市「文明的祭品」；於到處「青山綠水」中體驗到人生的「偶遇」。詩人在〈創世記〉裏，更「讓自然披上新裝」，使天地一切「賦予嶄新的意義」。作者在〈釣魚臺之歌〉裏運用各種形象來表示一個古老民族的願心和問題。而〈詠年〉尤其是一首力作，語言陸離詼詭，真是「筆走龍蛇」，「玩世不恭」，給中國近代史和我們一群知識分子描繪了一幅歡紅慘綠的年畫。

艾山要我來替他的詩選寫序，也許不太適當，因為我們不免共同帶着白馬社的包袱和牢騷，怎能平允？然而不論如何，艾山多年與我詩札往還，談詩論道，的確有「妙契同塵」之感，我信他畢生所要達到的必然是近於司空圖所說的「超詣」，我不妨就用這唐末詩論家和詩人所說的話來讚頌他的詩，也用以來共勉罷：「如將白雲，清風與歸，遠引莫至，臨之已非。少有道氣，終與俗違，亂山喬木，碧苔芳暉，誦之思之，其聲愈稀。」這固然不免墮入印象主義派論詩的窠臼，可是那有比這更精簡、圓滿而微妙的說辭呢？

於陌地生之棄園

《海外新詩鈔》序

原載周策縱、心笛、王潤華編：《海外新詩鈔》，臺北：新地文化，二〇一〇年七月。

　　早在五十年代我到美國才幾年，就想到要編選一部《海外新詩鈔》，當時的構想是：五四白話新詩，自從一九一七年開展起，二十到三十年代，多受左派的影響，中共統治大陸以後，更只容許支持無產階級革命，和寫實主義的寫作。一九四九年國民黨遷退到臺灣，過了不久，就發展出各種「現代詩」派。這兩種主流，可說都和五四新文化運動所倡導的白話新詩脫節。只有在美洲和歐洲的一些中華詩人，擺脫了左右兩方的控制，自由創作，才可能繼承新詩早期的作風，自然生長。這也可說是大陸、臺灣兩派以外，「第三個新詩中心」。（當時香港還是英國的殖民地，加上東南亞一些華文詩人，凡不受大陸和臺灣詩風左右的，都可說是「海外」或屬於這第三個新詩中心。）

　　雖然有了上面這種構想，但沒有時間編選。到了一九六三年和一九六四年，在陌地生市威斯康辛大學教書的時候，才搜集了不少資料。後來我把這些資料交給在威大念中國文學碩士的劉寶珍（淡瑩），幫助編選剪貼，才有個初步雛形。

　　這些作品，包括有我所認識的詩人如徐訏、楊聯陞、盧飛白（李經）、燕歸來、王正義（西艾）、鄒荻帆、徐速；和我雖不認識，但卻知名的翁萬戈、力匡、岳心、李素等人；此外最主要的就是在紐約的白馬社成員，新詩人林振述（艾山）（還有他的夫人陳羽音）、黃伯飛、唐德剛、和社裏最年輕的浦麗琳（心笛），還有我自己。當時也包括有一些我完全不知道的夏侯無忌、梁云坡、和

梁橋。希望以後如讀者有知道的,請告訴我們。

　　雖然我和淡瑩已掌握了上面這些資料和名單,可是我那時教書和研究很忙,淡瑩也忙著讀完了碩士學位,又到處忙於教研工作。《詩鈔》的事一擱就三十多年,這期間許多朋友都來催問過。尤其是王慶麟(瘂弦),在他所編的《當代中國新文學大系》:《詩集》冊裏,寫了一篇〈導言〉,在「海外的華人詩壇」一節中特別介紹美國的新詩運動,並且提到我要編的一部詩選,還說據云不久即可在臺出版。沒想到竟耽擱了這麼久!

　　直至二千年十二月十七日心笛在給我的賀年卡片上問起這部新詩鈔何時才能整理出來?到次年二月十九日我給她的一封信,就說到:《海外新詩鈔》勞你費心費力,共圖有成。可見這部詩鈔只有到二千零一年初心笛開始協助才整理好。我願意盡可能讓作者先自選,然後由編者決定。例如徐訏在我們整理時早已去世,徐訏生前給我回信建議自選的詩都是在大陸上寫的,與「海外」不合,只好請心笛借來他的《全集》,再由我參考瘂弦的《詩集》,加以取捨。又如楊聯陞原先給我的信裏只提供後期作的幾首,加上心笛所得他早期作的幾首,才湊成七首。我們又要伯飛自選了許多詩,也加選艾山、德剛,和別人的詩作,心笛也補充了好些我以前寫的小傳資料,她也托涂靜怡女士幫忙出版事宜。我相信如果沒有心笛的協助,這部以白馬社成員為主的《海外新詩鈔》,還不知道甚麼時候才會整理好出版呢!

　　二〇〇二年五月十八日,於美國威斯康辛州陌地生市之棄園

周策縱作品集
周策縱序文集

編　　　者：王潤華　黎漢傑
責 任 編 輯：黎漢傑
文 字 校 對：聶兆聰
封 面 設 計：Zoe Hong
美 術 排 版：Eddie Ho
法 律 顧 問：陳煦堂 律師

出　　　版：初文出版社有限公司
電　　　郵：manuscriptpublish@gmail.com

印　　　刷：陽光（彩美）印刷公司

發　　　行：香港聯合書刊物流有限公司
　　　　　　香港新界大埔汀麗路36號
　　　　　　中華商務印刷大廈3字樓
電　　　話：(852) 2150-2100　　傳　　　真 (852) 2407-3062

臺灣總經銷：貿騰發賣股份有限公司
地　　　址：新北市中和區中正路880號14樓
電　　　話：886-2-82275988
傳　　　真：886-2-82275989
網　　　址：www.namode.com

版　　　次：2019年5月初版
國 際 書 號：978-988-79367-3-2
定　　　價：港幣98元　新臺幣340元

Published and printed in Hong Kong